夜航船

yehang chuan

▲ 俞小红 —— 著 ▼

中国书籍出版社
China Book Press

图书在版编目（CIP）数据

夜航船 / 俞小红著 . —北京：中国书籍出版社，2018.6（2024.1重印）
ISBN 978-7-5068-6926-3

Ⅰ . ①夜… Ⅱ . ①俞… Ⅲ . ①散文集—中国—当代
Ⅳ . ① I267

中国版本图书馆 CIP 数据核字（2018）第 145965 号

夜航船

俞小红　著

图书策划	牛　超　崔付建
责任编辑	成晓春
责任印制	孙马飞　马　芝
出版发行	中国书籍出版社
地　　址	北京市丰台区三路居路 97 号（邮编：100073）
电　　话	（010）52257143（总编室）（010）52257140（发行部）
电子邮箱	eo@chinabp.com.cn
经　　销	全国新华书店
印　　刷	三河市华东印刷有限公司
开　　本	650 毫米 ×940 毫米　1/16
字　　数	240 千字
印　　张	11.75
版　　次	2018 年 8 月第 1 版　2024 年 1 月第 2 次印刷
书　　号	ISBN 978-7-5068-6926-3
定　　价	48.00 元

版权所有　翻印必究

目 录

夜航船 / 001

烟篷之恋 / 011

远走的富商 / 033

徐汉棠的"宝贝" / 041

梦中依稀见过你 / 047

远走的红男绿女 / 053

京都萦魂 / 058

凤仙奇缘 / 071

鸳梦风细 / 080

云史碧梦 / 091

西厢遗恨 / 099

脉望雅韵 / 110

黄宾虹笔下的常熟画家 / 122

丁祖荫藏书事略 / 131

阿英与《孽海花》 / 136

春风吹送海洲情 / 146

谁家玉笛暗飞声 / 159

乡村音籁如慢板 / 171

夜航船

一

1967年,我13岁。

临近春节三四天,我和父亲从常熟乘船到苏州。航船一天一班,从常熟的洙草浜码头开出,是早上五点钟。没有早饭吃,我只能饿着肚子,父亲也饿着肚子,船到苏州老阊门轮船码头,已经是午后一点钟了。上了岸,穿过弹孔斑驳的阊门城门,父亲指着那个大弹孔说,这是迫击炮弹炸的,那个是机枪子弹孔。我饿着肚子,也似懂非懂。父亲当过游击队,会打枪。此刻,他的腰眼里,还掖着一把二十响的驳壳枪。

父亲挎着一个破旧的棕色的公文包,披着一件黑呢短大衣。我穿着肥大的硬绷绷的老棉袄,手里还夹着一捆用青布裹着的包袱里面是一些日用的旧衣服。我走得慢,父亲走得快,每到街角转弯处,我总要费力地蹲下身子,裹紧一下包袱才走路。父亲总在前面骂骂咧咧地催:"小赤佬,快点,快点。"

我身子瘦小,夹着个包袱,总是往下堕,走一段停一会。父亲也不帮我拿一下,远远看着我清水鼻涕答答滴,费力地抽搐着走一段停一会。后来到了旅馆里,他恨恨地说,要不是街上有人,他恨不得拔出枪来,用枪柄敲敲我的头,谁叫我走得这么慢。

走了半天路,我真的走不动了。从阊门走到景德路,穿过人民路再到北局,总算找到一家小饭馆,我像一堆泥一样瘫坐在长条凳上。一碗油汪汪的盖浇饭端上来,我像饿狼一样吞咽,虽然那籼米饭又冷又硬,还是几分钟就吃完了。饥饿之下什么都是美味。父亲板着脸说,还要走好几里路,再走得慢,把你甩在街上,不管你了。说完,他把包袱带子收紧了几下,结了个死结,斜挎在我肩上。这样我就轻松一些了,跟在后面跑路,不怕包袱滑溜了。

父亲到苏州去找一个人,请他帮忙解决当晚的住宿。那个人是苏州的造反副司令,姓芦,住在葑门一个机关大院里。我们进去的时候,进进出出的人很多,都是戴着红臂章的。父亲找到了那个人,那个人挎着个卡宾枪,坐在办公桌后面,国字脸,人很神气,也很客气。他写了个便条,叫我父亲去找管后勤的那个人。父亲凭着这个条子,找到了旅馆,还解决了两张往吴江去的船票。

武斗期间,苏州什么都紧张。市面上商店大都歇业,出城的交通也时有停顿。汽车都停开了,只有航班通向四县八乡。

摸黑时分,我们才找到了在皮市街上的通惠旅馆。这是一家破旧的老式二层公寓,进门的灯火昏黄无力,客人进出的小门厅和狭窄的通道,地上都铺着床铺,那种臭烘烘的霉馊味,香烟味,和厕所里的尿骚气,弥漫成灰色的尘幔。晕了半天船,走了半天路,我只想倒地就歇。一个胖胖的女服务员,把我们朝楼上领。七转八转,到了长长的甬道的尽头,胖女人敲敲门,喊道:"李洪宾,开开门。"

门开了,一个像女人一样卷着发的头颅伸出来,朝我父亲看了看,"老俞,你来了。"说罢,敲开了大门,把我们让进了屋。

这间客房很小,只能铺两张小床,但已经是今晚旅馆里最豪华的房间了。父亲和李洪宾对坐在小床上寒暄,拿出香烟点火。父亲让我叫李洪宾为李叔叔。房间太小了,摆了床铺,连一张椅子也放不下了。我和父亲一起坐在小床上,屁股下的竹榻发出吱吱的叫声。从他们断断续续的谈话中,我才知道,这李洪宾是占据苏州城的某派的小分队队长,原先是一个杂技团的飞刀演员。我对他似乎有点印象。有次深夜,他拎着一支美式冲锋枪,和一个朋友路过我们在常熟的家,当时我和父亲已经睡了,他敲门进来讨杯水喝,还讨了两支香烟抽,说是出城去潜伏。听我父亲说,他早就不在杂技团了,一开始造反,他就如鱼得水,成了某个造反司令的随从。这个从小就随着戏班子走江湖的李叔叔,习惯了冒险生活。

晚上怎么睡呢?李叔叔目光如炬,果断地说:"老俞,你和儿子每人一床,我晚上还有任务。"原来这间房子是李洪宾包下来的,是造反司令部征用的临时住所,专供李洪宾一人使用的。父亲客气了一番,点点头。我父亲和李洪宾是怎么认识的呢?睡到床上,我已经迷迷糊糊了,只听父亲说,他有一年被派到杂技团当指导员,李洪宾很讲义气,四清运动批判我父亲时,他几次拦住打人的团员,还偷偷到牛棚里塞香烟给我父亲抽。

半夜里,我又冷又饿,又被一泡尿憋得难受,就一个人溜出房间去寻厕所。长长的过道里,只有一盏昏黄的灯泡亮着,地上都睡着人,每个人身下一个草垫,身上盖着一条灰绿色的棉大衣,呼噜声此起彼伏。我小心地踮着脚走过地铺,一直走到楼下。暗红色的木楼梯,楼下凹下去的部位,是客人登记时停留的柜台。柜台里边小小的逼仄的空间,一张既是长凳了又可勉强睡一个人的地方,横着身子半躺着一个人。那人就是李洪宾。他枕着那支形影不离的冲锋枪,手里夹着半截香烟,烟雾袅袅,正在朝那个胖女人微笑着说话呢。

说是胖女人，其实是一个稍稍壮实的苏州小姑娘，猛一眼看上去老相，其实看惯了，还是蛮耐看的一个女人。她朝李洪宾瞟着媚眼，坐在离李洪宾不到半尺的地方，那目光有点暧昧有点迷蒙，也有点夜来香的娇慵。我身子瘦削，他和她窃窃私语，也没有注意到我。我进了斜对面的厕所，出来时，她和他仍在笑语轻声中。冬夜漫漫，拿什么消磨时光，献给你的爱人？唯有温情和低语。

二

父亲拿到的船票是第二天晚上的班次。没有座位号，上了船碰运气，可能有空位，也可能没有。坐不到位子，就只能坐在船舱角落里，一直挨到凌晨。这是一艘开往湖州的客轮。途中只停很少几个码头。

我们一直睡到第二天中午才醒来，这个房间没有窗户，关了灯，白天就像黑夜。李洪宾敲门喊醒了我们。父亲有点不好意思。李洪宾笑笑说，我是夜猫子，天天这样，白天睡到夜，夜里窜出去，习惯了。其实睡晚了，还有一个好处，省了一顿早饭。我是早已饿得肚子咕咕直叫了，巴不得李洪宾请我们出去吃饭呢。

这个小巷子破破烂烂，穷家僻户，附近也没有什么饭店。处在两派争夺之中的苏州城，商店关门的多。李洪宾领着我们抄了近路，找到一家半开门的面店。掀开棉帘子，热气腾腾葱香扑鼻，是一家专卖羊肉的面店。我的胃一下子热络起来。三人坐定，李洪宾是熟客，叫着伙计的小名，喊道："拿大碗盛三碗面，重青重油，再切一盘羊肉。"这是我到了苏州第二天，吃到的最好的美食，是地道的藏书羊肉。后来从父亲嘴里得知，李洪宾是吴县木渎人，祖上就是开羊肉庄的。

航船停在盘门运河码头，很荒凉的一个地方。这是京杭大运河的转折点，往杭州湖州方向。我们上船大约在傍晚五点多钟。冬日的夕阳冷冷地缩在天际，风越来越大，我们缩紧着脖子，拎着包袱，走过长长的跳板，进了船舱。两艘木结构的拖船，由前面的小火轮拖带，船舱里已经挤满了人。正是春节来临，不管有多么兵荒马乱，回家过年的人，终归是挡不住的。不知是李洪宾用了什么门道，父亲找到一个水手，说了李洪宾的名字，他把我们领到了靠近船尾的地方，让我们挤在一张长条凳上。船舱的空间狭长，舱板涂着黄色的桐油，散出浓烈的清漆气。两边靠窗各是一长溜厚木板拼接的座位，船舱中间用一个环形的木墩连着，可以背靠背坐几十个人。突然，前面的小火轮拉响了尖啸的汽笛声，开船了！我的心一阵跳荡，只听得船舷上水手的脚步声"啪啪"地来回奔跑，抽跳板，撑篙子，盖篷布，一阵忙乱，船终于开了，缓缓驶离了驳岸，沿着白茫茫的运河向东开去。从低矮的木窗望出去，只能看到水手的两只脚在船舷外移动，还有就是两岸啪啪反弹的浪花。风从窗缝里吹进来很大很冷，水手用巨大的篷布，将整艘船都盖住了，船舱里变得黑暗了，只吊着一盏鬼火一样的桅灯。

好长时间，我才看清了对面坐的几个人的脸。其实大家的脸都在张望，紧绷的身子坐得笔直，膝盖和行李只相隔不到半尺，挤过一个人，总要触碰到。我对面坐的是一对青年男女，像是夫妻。那女的穿着一件白色的厚呢短大衣，缩紧着身子扶着男人的手臂依偎着，男人身板挺直，一身灰色中式棉袄，两人像是一只白绵羊挨着灰绵羊。船开了半个小时后，船舱里的人群就开始松动了，就像一堆散放的货物，开始有了各自的空间，可以左右前后摇晃了。那女的从坐凳下的柳条箱里，取出几个白色的团子，递给那男的，两人轻声地咀嚼着。闻着那香味，是芝麻的香气。那男的捧着一个搪瓷杯子，立起身，说，我去前面讨点热水。从我身边挤过时，他又轻声地嘱咐那女的，当心那个热水瓶，不要碰倒了。我瞄了一眼那女的腿下，膨鼓鼓的旅行袋里，露出半截竹壳热水瓶。我有点奇怪，热水瓶的瓶口缠着胶带，不像是装着热水。

父亲听那男人的口音是吴江方言，便搭讪着问了一句："你们是吴江哪里人？"

男的说："芦墟。"

我父亲"噢"了一声，又说："那你们还要到松陵镇转乘轮船？"

"是呀，实在麻烦，没有汽车，只有水路可走。"

"看你们像新结婚？回乡下过年？"

"是呀，平时上班哪有空，趁学校放假，才能回家。"

"你们都是老师？在哪里教书？"

"是的，吴县肖泾小学，也在乡下。"

我对吴江的地理一点也不熟，后来才知道，芦墟很偏远，在淀山湖边上，当时没通公路。而这个肖泾，倒是有点小名气，是阳澄湖上的一个渔村，《沙家浜》里的胡传魁，就是盘踞在肖泾的。

这航船上是没有饭菜供应的，旅客都是自带干粮，但有免费的热水。我和父亲在苏州买有几个冷馒头，当作了晚饭。上船前，父亲已经问清楚这船的大致停靠站。我们是到震泽，之后就是终点湖州。在我们到站前，分别停靠松陵和平望两个地方。

船一过尹山湖，风浪就开始大了，水面也特别的开阔，我顺着父亲的手指望去，丁字形的水道，旁边就是著名的宝带桥，有五十六个桥洞，过桥洞就是太湖三万六千顷的水面，风高浪急，水流像尖峰一样涌出来，看了令人心悸。船身开始摇晃起来。那黑暗中白茫茫的岸线和航标灯，在风中颤动，尤其是那太湖涌进运河的浪花，一浪高过一浪，几乎跃过宝带桥长长的桥面。父亲低低地说："这段水面是鬼魂出现的地方，风高浪大，渔船常常被巨风掀翻。"我有点晕船了，头颅昏昏的，直想呕吐，手扶住凳脚，坐也坐不住了。只听得"哗哗"几声，腥臭的污物四散喷溅，对面那个年轻女人捂着嘴巴哇哇吐了一地。我和父亲跳将起来，但还是躲闪不及。那男的慌忙拿着毛巾为她擦洗。那女的眼泪都淌下来了，带着哭腔说："难过死了，难过死了……"船还在摇晃，船舱里呕吐声时起时伏，还有一阵阵的哼哼声。那男的宽慰地说一句；"熬熬吧，马上到岸了。"女的强撑着身子，微弱地说："搀我上厕所去吧。"

她几乎是被男人抱着才挤向船尾，隔了好长时间，才又抱回来。那男的气喘吁吁，让她坐到凳子上，咕噜着："吓死人了，就一根木板横在船沿边，人掉下去，就没命了。"我没听明白，对父亲说："我小便急，要上厕所。"

那女的闭着的眼睛睁开了，有气无力地说："小弟弟，当心点，那不是厕所，就一块板挡着。"

父亲便说，"你立着，手抓住篷布绳子。"

我挤到船尾，只听到舱门外的水声哗哗，风拍打着篷布扑扑地抖动。我扯开遮得很厚实的篷布，头颅刚伸出一半，脚步还没跨出去，劈面的冷风嗖嗖的像一把刀，削得你鼻子生生地疼。我吓得心都提了起来，一只脚踏在船尾那两尺见方的地面，一只脚仍然缩在舱沿的步槛。这那里是寻厕所呀，这是寻死啊。我借着水面反射的白光，勉强辨认着脚下的形状，这拖船尾巴，其实是两根横档悬空着，中间挂一把巨大的木舵。这木舵是固定在船尾。在这两尺见方的地面，没有一个护栏可以把手，只有震耳欲聋的浪花声，从脚下的木档中涌出来，那木档的间距，足够可以掉下一个人，而且木档结了厚厚的冰凌，你若一脚踏空，那你就死定了。我没敢松开拉着篷布绳子的手，返身缩回了舱门里，裤脚已经湿漉漉了。

回到座位上，我还惊吓在刚才的景象里，不敢吱声。对面的那年轻女人,已经睡着了,她苍白的脸斜靠在那男的肩膀上,脸上还有泪痕。我突然发现,她的肚子有点微微鼓起。

三

　　一阵悠长清脆的汽笛声,惊醒了满船疲乏无力的人。船上顿时喧哗起来,松陵镇到了,到站的客人纷纷起身整理行李,拥挤着向舱门口移动。甲板上,水手忙碌着掀开篷布,轮船慢慢地小心翼翼地靠近码头。我和父亲仍旧缩在角落里不动。对面那对年轻夫妻也立起身,朝我们笑笑,那男的一只手挽着女的臂弯,一只手拖着藤条箱子。那女的将那个露出半截热水瓶的帆布包,放在凳子上。船靠岸时,一阵剧烈的晃动,又是一阵骚动,立着的人都支撑不住身子,左倒右歪。那女的虚弱地站立不稳,凳子上的那只帆布包"扑脱"一声滑跌在地板上,热水瓶口子摔碎了,一阵煤油味道浓烈地弥散开来。

　　女的吓呆了,连忙弯腰想拉住那帆布包。谁想到,只抓住了帆布包的底部,"稀里哗啦",包里的物件全都洒出来了,一只煤油炉子,破碎的水瓶,飞溅的煤油,年轻女人白大衣的下半截溅满了油污。那男的也惊呆了,有点不知所措。只有几秒钟的功夫,煤油味已呛到了整个船舱,有人高声大叫:"谁找死,煤油,煤油。"

　　我父亲一见不妙,赶紧立起身,对那个呆若木鸡的男人低声说:"还不赶快将东西扔掉!"

　　"扔哪里?"男的嗫嚅地说。

　　父亲冲到他面前,伸手将木板隔断的船窗猛力推开,一阵冷风扑面,油味更加呛人。那男人放下箱子,弯腰要将煤油炉塞进包,父亲低低地说,"你不要命了,快扔掉它。"说时迟,那时快,父亲将那煤油炉夺下来,顺手扔出了窗外,又将破碎的瓶壳塞进油渍浸透的帆布包,硬是从窗缝里塞了出去。风大浪急,谁也听不到破碎的声音消失在水中,只是那煤油味还在呛着喉咙。

"谁带了煤油?谁带了煤油?"有人已经在舱外大声地吼叫了。

青年男女还在呆立着,父亲重重的声音:"到站了,下船了。"

他们这才猛然惊醒,拖着箱子走出舱门。跨上最后一级步槛,那女的回头朝我们望了一眼,不知是感激还是无奈,也许是乱世中慌乱的一瞥。

一切恢复平静,船驶离码头,拉响了笛声。水手提着拖帚,一边骂着,一边清扫碎片油污。我和父亲只是不作声,闭目装睡。

将近半夜了,真的也是累了,好在船舱里走掉了小一半人,坐凳富裕了,我和父亲横躺着睡下了。正在睡梦中,有人推醒了我。我吓了一大跳,竟然是李叔叔。他黑乎乎的脸,就像黑旋风李逵,那一头的卷发,薄薄的盖住前额,眼睛朝我狡黠地一笑。他的身后还站着几个人,都是挎着枪的样子,一色的披着灰青色大衣,个个像个夜游神。

"吁,你怎么也在船上?"父亲也有点吃惊。

"刚才松陵上的船,去平望。"人多嘴杂,李洪宾话不多。

"噢。"父亲意味深长地舒了一口气。

李洪宾和我父亲挤在一起,抽着呛人的劣质纸烟。

我只管昏昏睡着,有一句没一句地听着他们的低低话语。

大概的意思是,他们奉副司令的命令,带一个小分队,去松陵总部大楼,救援陷入包围圈的战友。人是救出来了,可是在回来的路上,黑暗中走散了。各自保命要紧,大家约好先去平望镇再作打算。于是,他们摸到了轮船码头,上了船。

汽笛拉响了几回,沉睡的我已经记不得了。待到父亲拉我起来,左右的座位已经空出了很多。我惺忪着眼问:"他们呢?"

"谁?"父亲板着脸。

我有点害怕了,缩住了问话,权当做了一回梦吧,我心里想。

"震泽到了,我们走吧。"

已经是凌晨两点钟的光景,正是夜里最冷的时辰。我缩着身子,浑身抖抖嗦嗦,跟着父亲踏上布满霜雪的跳板,踏上坚硬的石驳岸,身子还有点虚飘。

四

隔了若干年,我问起父亲,那次李洪宾从船上走了,你们还见过面吗?

父亲摇摇头。"没有。只是听说他惹了些麻烦。"

"什么麻烦?"

"他和那个苏州小姑娘私奔了,带了枪,不告而别。"

"真的?"

"小姑娘的家里人闹到司令部,副司令甩手不管此事,逃之夭夭。"

后来呢?

人生没有后来,只有今朝。人生就是活一天,算一天。

是的,就像那拖着两艘客班的夜航船,谁知道它如今停歇在哪个港湾呢?

烟篷之恋

一

烟篷是什么呢？现代的人不识了。旧时的江南水乡，交通全依赖这水路。有水道，便有轮船。清朝末年民国初年，内河小火轮开始繁荣。轮船顶上有一个出烟口，旁边搭一个简单的油布棚，用来堆放货物，称做烟篷。有时遇到船票紧张，便让客人乘坐，票价低廉。

庞独笑这几天成了快活神仙。

他从塘桥老宅到常熟，本来要到上海去的。恰巧前几天洙草浜轮船码头，贴了张布告，说到上海去的轮船要停开几日。原来，招商局的轮船公司，一直是独家营业，后来又有一家苏圳客轮与它抢生意，两家轮船公司便在开足马力上做文章，结果招商局的骏云轮驶过昆承湖时，汽缸爆炸，死伤多人，造成了惨案。据说要等新船调拨再定开船日子。

于是，这个世家子弟拎着铺盖，叫了一辆黄包车，又回到了吉翠园旅馆。民国时期的旅馆，都是自带铺盖的，有的甚至要自带马桶，讲究的还自带一只夜壶箱。所以，一个出外寻生计的男人，或者是外出读书的年轻人，除了上述两项要紧的物件外，一只皮箱是必需的，无论破旧，长衫马褂夹的单的，总要备个一两套。另外就是一只网线袋，杂件书报，零零碎碎，总要塞个满满的，人称"百宝箱"。

那时常熟至上海，还未通汽车。一天一班的小火轮是唯一的交通工具，昆承湖里刮大风，冬天结了冰，轮船也会停开。庞独笑的塘桥镇，有着庞家祖辈继承的大量田产，到他手里，虽然落魄了，也有三四十亩田产出息，镇上也有七八间旧屋出租，养儿生女，还算小康。他是男人，又中过秀才，自视很高，诗词也来得，琴棋也来得，年纪轻轻，守在小镇上吃死饭，怎对得起出过一个探花两个侍郎的列祖列宗呢？就算他愿意守家业不远行，岳父岳母也不答应，一直怂恿他出去谋个一官半职，也可在乡党脸上贴金。所以，庞独笑少小就离家读书，在上海的持志大学拿了个文凭，又在几个报馆兼差，倒也成全了他大少爷的好脾气。塘桥离常熟水路也有三十里，他到常熟城里，总是住在老熟客一样的吉翠园。

常熟城里有句俗语，住在吉翠园，吃在山景园，洗澡天然池，喝茶枕石轩。庞独笑最喜欢这四个地方，而且它们相距都不远。吉翠园是一家有点海派风味的新式旅馆，又离常熟最有名的山景园只有百步之遥，每天的吃饭很方便。无怪乎，庞独笑的老朋友曾朴有句名言："人生嘛，无非两件事：一副舒舒服服的铺盖，一副实实惠惠的灶头。"

嫩绿色的窗棂，旋转式的木楼梯，半框形的朝南客厅，小而精致的卧室。月明之夜，还可倚在雕花栏杆上，望望空灵寂寞的虞山。偶尔，远处仪凤书场飘来苏州细娘糯米一样柔软的水磨腔，枕着被头不想睡的庞独笑，也有一种思乡的彷徨。不过，他的伙食很好，他是个吃客。他的岳父喜欢与他小酌怡情，三句不离一个"吃"字。岳父常说，一个赌字倾家荡产，一个嫖字人财两失。唯有吃进肚里长膘实惠。岳父还俏皮地打了个譬方，说吃进肚里，就是修了一座"五脏庙"，功德无量，菩萨也开心。这句话，庞独笑是入心入耳，身体力行。

刚才，他和两个今虞琴社的诗友，还点了两个山景园最拿手的好菜。一个是"响油鳝糊"，一个是"出骨生脱鸭"。味道鲜得连打饱嗝。这"响油鳝糊"非但选料新鲜，旺火热锅，还用上等的金华火腿丝煸炒，端上桌时，当着客人的面，将那滚烫的热猪油倒入盆中，那蒜香油香，直喷口腔。你说人间美味还在哪里去寻？这个"出骨生脱鸭"更是出奇，厨师手段高超，活鸭宰杀之后，脱尽骨头，肚内藏满珍菇山笋，文火炖烂。出锅上盆，端到客人面前，依然是雄起的一只鸭子，鲜香四溢，让人直流口水。酒意正浓，情意也浓。庞独笑乘兴作了一首诗："梦里还乡真是喜，眼前生计未全疏。江湖意绪原关命，墙壁公卿未可居。"有点伤感离别，有点不舍眼前。

也难怪，这山景园，光绪的老师翁同龢来吃过，两江总督端午桥来吃过，能会不好？园子西侧二楼，庞独笑最喜欢有着落地长窗的大餐厅，推开镶着五色意大利磨砂玻璃的阳台铜门，可望见虞山辛峰亭。对山赏景，名副其名。有时，朋友们晚到，庞独笑一个人喜欢静静地临窗而坐，有人笑他呆若木鸡的样子，有人说他有病，他一笑了之。他在上海晶报时常发表旧体诗，用的笔名就是"病红"。

常熟朋友多，他一点也不寂寞。早晨一碗松树蕈油面，再去枕石轩泡壶碧螺春，一直喝到嘴巴清淡。中午三杯桂花白酒下肚，便互相搀着挽着，叫辆黄包车拖到寺前街上的"天然池"浴室，温泉泡得热烘烘，一觉睡到月黄昏。这冬天的日子，真是神仙的日子。人生要是一直这样天天醉八仙，该有多好。

快活的日子稍纵即逝。上海的朋友包天笑发来电报了，叫他一旦通航，速速回上海。于是，庞独笑三天两头托茶房伙计打听，申通客轮何时开班。一般到上海的轮船，要开十七八个小时，每天下午四时开出，第二天的上午九时左右到达十六铺码头。

那天，洙草浜轮船码头贴出了布告，公布了新轮船的价目表：凡搭乘大菜间者，每客银毫八角。房舱六角，客舱四角，烟篷二角五分，酒食费用另算。这银毫子，一角钱，折算铜钱十文。庞独笑盘算了一下，大菜间名字好听，并无法国大菜可吃，只是比较宽畅一点而已。房舱是四个人一个房间，可以躺下睡觉，人很舒服。他吩咐伙计定了一张房舱的船票。而客舱虽然便宜，却是大统铺，人多嘴杂，有洁癖的庞独笑受不了那味道。那烟篷呢，只是在拖船的顶上，头都抬不起来，又闷又暗，再便宜，他也不会去的。

于是，告别了常熟的朋友，庞独笑乘上了小火轮，无聊地睡了一个晚上，做了几首诗的腹稿，第二天的中午，到了上海十六铺。上了岸，他叫了辆黄包车，装上铺盖箱子，直往宝善街鼎升客栈。他在这个客栈常包一个小亭子间，每天的食宿费是五角六分银毫，也就是铜钱五百六十文。虽然饭菜十分粗粝，但他图个方便，免得每天奔波。庞独笑当时兼差在《苏报》编一个报纸副刊类的游戏栏目，叫《诗钟》。当时上海滩上无聊的女诗人很多，有的还是大家闺秀，出身名门，看了徐枕亚的言情体小说《玉梨魂》，一个个设想自己是深陷爱恋的年轻寡妇白梨影，便向报纸投稿。《玉梨魂》的写法，基本上用骈文叙事，杂以缠绵销魂的诗词。女诗人写的古体诗词，也模仿小说中女主人公的口吻，极尽争红斗炫之态。《苏报》要扩大影响，便请庞独笑每期出一个题目，教这些女诗人做两句对联，由他评定甲乙，选出优等的对联刊登在报纸上。这个举动虽然有点无聊，但却是才子佳人最喜欢的风雅之事。要知道，上海滩开风气之先，能在报纸上露脸得奖的女诗人，也是很风光的。此事弄了一年多，庞独笑也有点厌倦了，他又在松江女子学校得到了一个教职，便想将《苏报》的兼差托给包天笑来做。

今天，他就约了包兄在客栈里碰面，移交此事。

二

这包天笑是何许人也？他是苏州穷苦人家出身的一个秀才，在苏州有名的费太史费念慈家里当家庭教师。近来住在上海办两件事：一是准备报考南洋公学的师范生，据说考中了就有往日本留学的名额；二是他在业余时间为《苏州白话报》翻译一些日文小说，顺便去虹口路的日文书店选购日文资料。苏州和常熟是近邻，民国初年，往苏州读新式中学的常熟人很多。那个在常熟鼎鼎大名的藏书家丁祖荫，他的一儿一女，全在苏州读中学。为何，那时常熟还没有新式初中，只有小学。

庞独笑是如何结识包天笑的呢？可能他们的名字中各有一个笑字吧。他俩的介绍人就是写《官场现形记》的李伯元。李伯元当时在上海办《繁华报》，也就是那种半文半白的小报，新闻也是坊间流言和打油诗词两类。庞独笑和包天笑名字起得好，打油诗也作得好，旧学功底在这种化里化哨的小报上使展文字，简直是浪费才情，但两人乐此不疲，日日有莺莺燕燕趋之若鹜。恰巧，常熟办报的老前辈徐念慈和丁祖荫在上海办《女子世界》，便将两人延聘为特约调查员，每期的俸禄颇为丰厚。当时庞独笑还介绍了一个常熟的青年名医俞九思，负责杂志在苏常两地的邮寄发行。

包天笑比庞独笑年纪小个五六岁，还没有结婚成家。他不像庞独笑是老江湖老上海。他见了生人有点腼腆，上海的关系不多，每次到上海，住旅馆很随意。轮船到了十六铺码头，各家客栈都有拉客的伙计，包天笑贪图方便，有人为你挑送行李，于是就跟着伙计走了。他总想找一个清静的洁净些的住宿，但也是大同小异。主要是伙食差。他有胃病，吃了生硬不熟的饭菜，容易胃疼。后来经人介绍，找了一家家庭式旅馆，倒也住惯了。

他住在哪里呢？这家旅馆叫"雅仙居"，是苏州人开的，在福州路的一处弄堂里，闹中取静，是一所三楼三底的石库门公寓。原来这个雅仙居的女主人，是一位年近四十的苏州女人。她嫁了一个经营丝绸出口的湖州老板，后来那个湖州富商过世了，遗下了她和一个女儿。时间长了，生计便成问题。苏州女人能干，又烧得一手好菜，便将石库门房子隔成一个个小间，做成了一处家庭式旅馆。收的房价和其他旅馆一样，小费也随意给。但有一个别的地方没有的好处，那就是女主人亲自下厨，负责中午和晚上两顿的饮食。吃惯了苏州菜清淡新鲜的包天笑，后来到了上海，就入住雅仙居了。有时，住的时间长了，干脆连被头铺盖也寄放在那里，省得从苏州搬到上海，再从上海搬到苏州。

等了半天，肚皮里两首诗煎熬得烂熟了，还是没有等到包天笑来。于是，庞独笑踱出了客栈，往福州路方向走去。

包天笑被朋友的一件私事绊住了脚。这个雅仙居的老板娘，有个女儿，叫金铃，年纪在十八九岁模样，正当妙龄，美丽又活泼，自然是春风开怀十里香，追求的人着实不少。不过，母亲看得紧，女儿也从小在私塾里读过几年书，懂点文墨，便跟着母亲在店里担任记账员。母女开旅馆，接的客人都是熟悉的。常来住宿的主要是两帮人，一帮就是老辈的湖州往返上海的丝商，一帮就是苏州来往的家乡人。每天开饭时间，在宽敞的客堂间，摆开红木圆台面，铺上花边白台布，四蔬四荤两汤一起端上餐桌，女主人和金铃便呼唤客人用餐。如果客人不足十二人，女主人和金铃便与客人同桌用餐。

秀色可餐，这大概就是此种美意吧。

一来二去，便有年轻客人迷上了美丽的金铃。这个人叫吴和士，从日本留学归来，正在一家报馆当差，是个翩翩佳公子，派头也蛮大，出手也蛮大方，和包天笑同住一室。包天笑平时常向他请教日语，两人年纪相仿，又是同乡，很谈得来。不过，那几天，包天笑发现这位吴兄有点闷闷不乐。平时见他一有空闲时，便隔窗和金铃闲聊，一口糯糯的苏州话，半是打趣半是调情，像只会唱情歌的八哥，一天到晚叫唤着金铃。这金铃，是个从小生长在上海的女孩儿，比保守的苏州细娘伶俐活泼得多，也很喜欢吴和士的留洋派头。但是，吴和士想约金铃去百乐门舞厅跳舞，金铃却没有答应他。因为母亲关照金铃，平时不许进客人的房间，有事只能在客厅里说。去舞厅跳舞约会，想都不要想。有时，吴和金，一个在门里张望，一个在厅里笑答，一个在窗外频频招手，一个在窗内挤眉弄眼，此时只要金铃母亲一声咳嗽一声呼唤，金铃便像受了惊吓一般逃之夭夭。为此，包天笑还口占一诗，调笑这位吴仁兄："茜窗玉立自亭亭，絮果兰因话不停。安得护花年少客，敢将十万系金铃。"

吴青年真的有十万金潇洒一回，倒是好了。可惜他是个穷书生，长年居住在上海已属不易，何来余钱抱美人？被女主人奚落了几回，有点想不开，竟然有了自裁的念头。包天笑此时成了包青天了，在房间里苦口相劝，说得嘴角起了泡泡，总算让吴和士想开了一点。此时，传来了敲门声。

"谁？"

"我，独笑。"

包天笑开了门，便苦笑道："你来得正好，帮我劝劝这位仁兄。"

庞独笑与吴和士见过一面，也算熟人了。他莞尔一笑，进门见吴和士侧着头睡在床上，不想理人。房间很小，又是很薄的木板墙，为防止隔墙有耳，庞独笑示意包天笑将房门关上，这才敢放胆说话。

一杯清茗下肚，庞独笑正色道："吴贤弟，你真的喜欢金铃？"

"是的，认识了半年多了，心里天天想她。"

"你家里攀亲了吗？"

"老家有一个，我不喜欢。"

"金铃她娘知道吗？"

"不知道。"

"你想在上海滩组织小家庭，这也是好事。不过，世界上的便宜事，不能你一个人占全的。你了解金铃母亲的想法吗？你知道上海混日子，要多少钱能摆平吗？"庞独笑是明白人情世故的，他知道，爱情这种热昏的事，一时热一时冷，当不得真的。

"我是真心的，想和她结婚的。只要她肯答应，我可以回老家退婚。"

"你倒说得轻巧。恋爱时候说的话，能当得了真？"庞独笑冷笑一声。

"怎么当不了真？"

"首先，你可能不太明白金铃母亲的处境。她是个守寡之人，虽然稍有薄产，但不再嫁人，守着这个女儿，靠她养老送终。什么道理？她是要招女婿的。你愿意做上门女婿吗？其次，做个上门女婿，要勤劳肯干，做牛做马没有怨言，你要长期忍受倒插门的耻辱，为她们家族传宗接代，你只是个播种机，只有义务，没有权利。你能做得到吗？"庞独笑句句大实话，说得越来越锋利。

"我是娶她做老婆，怎么会做上门女婿？"吴和士吃了一惊，翻转身来，面对着两人坐在床沿。

一旁的包天笑也凑了一句："庞兄说得对，你做了人家上门女婿，一辈子不会翻身了，你这个日本留学生，也浪费了。"

"讨她做老婆，当然可以。若是门当户对，小家碧玉，你但娶无妨。不过，金铃是丝商的女儿，出身大户，也算见过金子银子的人家，她母亲决计不会让她女儿自由恋爱随便嫁人的。你肯定会碰壁的。我劝你，快刀斩断情丝，早日搬出此地。"庞独笑很干脆利落地说。

吴和士心里仍然在嘀咕，但庞独笑的话，像当头棒喝，他有点醒悟了。因为，他明白，凭自己的经济实力，要摘得雅仙居的金枝玉叶，想都不要想，这是命，只能认命。

包天笑在旁边打圆场，说："难得今天庞兄有空闲，等会儿就在这里吃夜饭吧。我来叫老板娘添几个菜。"

庞独笑想阻拦他，包天笑已经到客厅吩咐去了。

一顿夜饭当然吃得相当无趣。吴和士在一旁捧着个饭碗，默默数珍珠。包天笑一直为庞独笑撺菜，害得他嘴巴里不停地咀嚼，话也不能多说。不过，他仔细地观察了雅仙居的女主人，丰润的下巴，皮肤很白皙，面相还是善良之态。不过，眼梢有一粒细痣，眼皮有点吊起，苦相之态。那个女儿呢，坐在母亲身旁，出水芙蓉一般俏丽，压抑的青春之躯，浑身散发肌肤的香味，的确是一个人见人爱的尤物。这是一棵摇钱树，这是一座销金窟，你吴和士是无福消受的，权当是夏日一缕香风，也算是人间一次相逢。没有缘分，但有情分。

三

说起这《苏报》呢，后来出了章太炎、邹容一案，一行报人吃了官司，才出了名。早先，它是一个桐城派画家胡铁梅办的。胡铁梅是日本留学生，讨了个日本老婆，又以老婆的名义，挂了个外商的招牌，登记了这家报馆。胡铁梅五十二岁病死，其老婆就将这家报馆卖给了湖南人陈梦坡。陈梦坡做过一任知县，手里有些闲钱，便带了两个小老婆到上海当寓公，盘下了这家报馆。当时的上海滩，办报是一种风气,大大小小的报纸不下数十家,今天开张大吉,下个月关门歇业,习以为常。尤其是像《苏报》这种不起眼的小报,发行量不足一千份,完全是一种玩票的性质。陈梦坡办报是外行,听凭各种小道消息花边新闻甚至谣言隐私,印成报纸在市场上流动。当然,庞独笑的这种风月诗词,试图敲响诗歌的钟声,谓之"诗钟",流淌着自命不凡的雅兴,博得了文人和闺蜜的喝彩,那是一种小众范围的孤芳自赏。

上海滩上房价昂贵,报馆租的房子更显寒酸。《苏报》开设在英租界的棋盘街一幢两层楼的楼下,统共才一大间,大约四五十平方米样子,用玻璃窗隔成前后两间。靠门面的那一间,摆着两张西式的写字台,陈梦坡与他的大公子对面而坐。陈梦坡负责写杂文,主要是半文半白的评论。公子负责接收编发新闻来稿。有时陈梦坡的小女儿也到报馆,拿些闺蜜的诗词小品登在报纸上。

后半间房子,就是排字房和印刷车间,摆着几大列铜活字,还有一部手摇的平板印刷机。沿街的玻璃门,写着"苏报馆"三个红字,挂着一只投稿的木箱子。

包天笑接了庞独笑的差使,每天晚上到投稿箱里取一次稿件,再回到客栈里编辑。这个时候,他已经从雅仙居搬了出来,和庞独笑合住在鼎升客栈的亭子间里。庞独笑到了松江去教书,平时难得回来住,但他照顾包天笑,仍租着亭子间,出一半的房租。这样,包天笑每天去报馆,可以省跑不少的路。

小小的亭子间,白天很清静,成了包天笑一个人的世界,他读了许多书,又翻译了一些小说,向《小说林》《女子世界》投了不少文章。不料,这个亭子间,白天清静,晚上却喧闹起来,不时有丝竹管弦的声音传进来,是那种缠绵的小调。包天笑推开朝向北边的小木窗,窗处有一个半圆形的小月台。月台对面,是另一幢两层公寓的落地大窗户,挂着紫色的丝绒布幔,柔和的灯光,隐约的倩影,浅浅的笑语，和着细风微香，近在咫尺。

这近在咫尺，一点也不夸张。楼下是一条狭窄的弄堂，包天笑的亭子间的小月台，和对面房间的阳台，两人若对面讲话，可以清清楚楚地看清五官面容，非但不妨碍两人眉目传情，还可伸出手去传递东西。对面是什么人家呢？怎么白天门窗紧闭，一到晚上就人影舞动，有时候还有几个很年轻的女子，半夜时分到阳台上透气说话呢。等庞独笑来了，他要仔细问一下。

又到月上柳梢头，庞独笑从松江回上海。正好包天笑去报馆送稿件，亭子间里静无声息。他推开北窗，捧着茶壶踱到月台上，看到对面窗户里人影晃动，便轻声唤道："阿金，阿金。"

不一会，那个叫阿金的女孩子便打开了长窗，走到了阳台。她探头看了看暗影里的庞独笑，打趣道："原来是庞大少，好久不见你了，怎么不过来白相？"

这是个美丽的少女，十七八岁模样，月光朦胧中，一副姣好的面容，漆黑的眉毛一闪一闪，衬着嫩滑的脸蛋，笑意盈盈。庞独笑几天不见她，有点呆了，顺口说："去松江教书，才回来。"

"前几天看到一个陌生面孔，在窗前晃了晃，是你的同乡？"阿金的苏州话又嗲又糯。

"和你才是同乡，也是苏州人。等一歇他回来，我介绍给你们认识。不过，他才二十岁，面皮嫩得很，见了女孩子便要脸红，你们不要欺负他。"庞独笑打趣着说。这时候，又有两个小姑娘叽叽喳喳地走到阳台，一迭声地叫着"庞大少"。

看样子，庞独笑和她们很熟。她们都是高级书寓陪伴小姐的侍女。

一个满脸稚气的女孩子笑着问："你不住在这里了吗？好长时间没听你说死话了，厌气了。"上海人将"说笑话"说成说死话。

那个瓜子脸的姑娘也说："那个书踱头呢？今天不在？"她学着

包天笑眯着眼睛看书的样子，引得大家哄然大笑，连庞独笑也忍不住了。

月夜朗空，人生的笑语传得很远很远。都是年轻人，都是上帝的娇子，谁能阻挡生命之花的蓬勃开放呢？

不过，这"书踱头"三个字，包天笑听到了，他一脸涨得通红，但夜色下谁也看不见。听到门吱呀一声，见是包天笑进来了，庞独笑急忙将他一把扯了过来。

"我来介绍一下，这是我的小老弟，苏州人，是个秀才，你们叫他二少爷，他是你们朝夕相处的邻居呢。"

包天笑急了，连忙分辩道："不是二少，是老庞硬派的。"

"你不是有个姐姐嘛，当然是二少爷。"庞独笑一点也不放他过门。

包天笑脸红得想要溜回房，仍然被庞独笑拉住了臂膀，指着对面阳台上的三个姑娘分头介绍说："你好好看一下，你的芳邻。左边那一个长身玉立的姑娘，是阿金，苏州光福来的，她是花榜第三名金湘娥家的。中间那个脸蛋的长得像紫娟模样的女孩子，是小林黛玉的妹妹。右边那个就是刚才学你'书踱头'样子的姑娘，才十五岁，是李湘君的伴妹。"

庞独笑介绍得嘴干舌燥，包天笑哪敢抬头细看，只是将那标致的阿金看在了眼里。阿金那娇美的脸容，青春的气息，令人怦然心动。

姑娘们说笑了一阵，各自回房。

回到亭子间，包天笑忍不住问："你怎么都认识？"

庞独笑故作高深地反问："你怎么连这些名花名叶都不认识？"

少顷，他才侃侃而谈："我前几年出入报馆，参加了好几期花界名花的评比，和李伯远他们经常在书寓品茶赏花，所以和她们很熟的。上海滩上，妓院也分三六九等。有书寓、长三堂子、幺二堂子等。书寓、长三堂子属高级妓院。尤其是书寓的这些妓女，非但可以选择客人，还可参加上海各家小报定期举办的选美活动。她们锦衣玉食，资产丰厚，租住高级公寓，聘用跟班的侍女和梳头娘姨。妓女出了名，伴随她的侍女也有身价。所以，上海妓院里，称姑娘们为花，称侍女们为叶。"

末了，庞独笑还一本正经地叮嘱他："你要在上海混，不要做一个老实巴交的迂夫子呀。也许，你今天用不着她们帮忙，什么时候，你会求她们帮忙呢。人刚生下来是没有贵贱之分的，是她们的命运有了贵贱。相信我，世界上什么事情都有可能发生的。"

包天笑笑了，他心里明白得很。

四

一晃到了中秋节。北边传来了军阀孙传芳要打进上海的坏消息，一时谣言四起。这谣言传到了苏州，普通百姓都惊慌失措起来。包天笑的母亲和祖母，拍了电报，要包天笑快点回苏州。于是，最容易相信谣言这个庇护所的百姓，成了人心纷乱的推手。

第二天一大早，包天笑便跑到苏州河一带的码头打听，一问，各家轮船公司的船票，都已卖光了。据水手讲，原先一条轮船拖带二条客船，这几天竟拖了六七条之多，票还不够卖。船票紧张了，价格就直线的上涨。每一条拖船前，挤满了买票的人，若有人退票，马上有人加价抢票。上船的人，若多带了行李，还要加价，一只箱子就要收二元钱，以前绝无这种事，真是抢钱了。包天笑想，照此热闹的样子，改天走吧？可是，转眼一想，若今天晚上不走，乘明天的轮船，那要后天上午才到苏州，祖母还不急死了？她老人家踮着小脚，又要到电报局打电报了。包天笑是个孝子，左思右想，便想起有一家戴生昌小轮公司，里面的账房先生是苏州人，有点面熟，就去找了他。一番商量，总算答应给一张票，但是只有烟篷的位置了。包天笑也不顾了，管它什么烟篷火篷，只要今晚能上船回苏州，就算上上大吉了。

一张烟篷票，收了他四元钱。平时二角五分也少人问津的烟篷，竟然卖到了四元钱，包天笑想想也是肉痛，那也不去管了。那账房先生叮嘱他，拿到了票，也要趁早上船，那烟篷上也是人挤人，晚去了，铺盖都要放不下。包天笑赶紧回到客栈，幸好行李不多，卷了铺盖就走人，多余的东西反正可以托付给独笑。

果然，才下午二三点钟，离开船尚有三四个小时，烟篷里已经挤进了不少人。包天笑是第一次坐烟篷，第一次领教了这烟篷的"好处"。烟篷是在船顶上盖了一层篷布，至多半个人高，客人拖着铺盖，身体是站不直的，只能像蛇一样钻进去。包天笑这才明白，所谓上等人，从来是不乘这烟篷的。

钻进了烟篷，第一桩事情，便是打开铺盖占据一个睡觉的位置。篷下闷热异常，四面不透风，而且人无法立直身子做事。包天笑是个书生，做不惯家务事的，弄得满头大汗。突然，人堆里有一个少女在喊他："二少，二少，你怎么也来啦？"

他回头一看，却真真切切是一个少女弯着腰在招呼他。仔细一打量，却正是亭子间对面金湘娥家的侍女阿金。他也顾不得难为情了，便老老实实地说："买不到票，没有办法，只好坐烟篷了。"

阿金钻到他身旁，利索地把铺盖安置好，笑着说："你这是大少爷拖东洋车，吃苦头了。"说这话时，阿金侧着身子，帮着他摊好被子，又低声凑着他耳语："和你调一个位置好吗？"那少女的气息，如兰如馨。

他扭头一看，原来阿金床铺旁，竟然是个不三不四目光猥琐的男人，她有点怕了。包天笑明白她的意思，便将两人的铺盖调了一个档。这样，包天笑睡在外档，阿金睡在里档，包天笑挡住了那个有点邪气的男人。

船舱里虽然闷热，但因为有了阿金姑娘，便一点也不讨厌了。两人抱膝并坐，细声细语地说着话。包天笑还是头一次和家人以外的少女并肩说话，而且是上海有名的"绿叶"呢。

嗲嗲的苏州话流动着温柔的情分。阿金是一个活泼热心的少女，她的话句句中听，包天笑也很乐意听着她的一问一答。

"二少，这么急着回家，也相信上海会打仗？"

"这是谣言，我是不信的。可是祖母听了谣言信以为真，打来电报，要我回去呢。你呢？怎么这么巧，也回苏州乡下？不在上海过中秋节了？"

"乡下有信来，要我回去。我也好几年没回了。你也知道，小姐应酬忙。我们平时过年也走不脱的。"

"噢。你回家后，几时回上海呢？"包天笑看着阿金仰起满月一样皎洁的脸，问道。

阿金低低地含糊其词地说："看情形吧，家里不知能否走得开。"

"你呢？你还要到上海的吧？"阿金反问道。

"肯定要的。我喜欢上海，这里朋友多，报馆多，庞大少也会照应我。"

"那你还住那家客栈吗？"阿金问，眼睛亮闪闪的。

"是呀。"包天笑觉得这话问得好奇怪。便追问了一句："你也仍然在金湘娥家吗？"

阿金迟疑了一下，笑了笑，说："是的。"隔了一会，她又柔情蜜意地补了一句："你还从来没到我们书寓玩过呢。"

包天笑想说，你们是高档场所，我一介书生，那能玩得转呢。可又怕伤了阿金自尊心，没讲出来。

两人一时无语，但彼此有点心动，包天笑额头上汗津津的。

这时，船起锚了，水手们一阵忙乱，汽笛叫得人心里发颤，咣当咣当中，小火轮驶离了苏州河。阿金从她的大大的青布包里摸出一只竹篾做的食盒，打开来一阵香味。她笑嘻嘻地说："二少，不要客气，一起吃晚饭吧。"

包天笑此时真是饥肠辘辘，为了买一张船票，往返数次，中饭也没空吃，此时出了几身汗，早已是饿得前心贴后心了。但他怎好意思吃阿金的饭菜呢？忙摆手说："船上有饭卖，我去去就来。"说罢，他像蛇一样游到舱口，一问水手，只有白米饭，没有菜肴，咸菜汤也是共吃的。他捧了一碗白饭，回到阿金身边。阿金早把一大块熏鱼搛到他的碗里。他想拒绝，又被一块鲜美的酱鸭塞进了嘴巴。他默默地吃着，嚼着，眼里的泪花在打转，泪水流进了饭碗。但他没有出声。

大概烟篷里只挂一盏昏黄的煤油灯的缘故，光线实在太暗了，阿金没有察觉包少爷的泪水，还在轻声说："你多吃点。我临走时，小姐妹为我送行，塞了许多熟菜给我，你给我吃掉一点，吃完算数。"说着，她还笑出了声。

这银铃似的笑声，过滤着秋夜浑浊的空气，包天笑肚皮撑饱了，心里也暖洋洋的。

船开得快了，水声哗哗，凭着包天笑十几次往返苏沪航班的经验，此时已在淀山湖水域了。他和阿金齐头睡下，中间只隔着拳头大小的距离，甚至呼吸的脉息都能相通。周围鼾声四起，他一点也睡不着，阿金微闭双目，也不知她睡着了没有。到了半夜，寒意上来了，他裹紧了一下被子。

船过白龙江，照例要拉汽笛。包天笑知道已是半夜十二点了，他有点局促不安了，翻了几个身反而越来越不自在，原来他小便急了。如果他要到船舱外去小解，就一定要爬过阿金的床铺，这很不自在呀。所以，他只得忍耐一下。岂料，这种事是忍不住的呀，一旁的阿金睁开了眼，细声问："二少，怎么啦？睡不着？"

"我想小便去。"包天笑实在憋不住了。

"哎哟,你怎么不早说呢?好,我让你爬过去。"于是,她灵活地蜷缩了身子,好让他从她的被头面上爬过去。

他像蛇一样爬到船边布篷,扯住一根绳索,勉强地跪着,掀开布篷,却是一股强劲的冷风扑面吹来,白哗哗的水声震动着耳膜,身子被风吹得摇摇晃晃。如果不是拉住那根绳索,早就失脚跌了下去。包天笑哪里经历过这种风急浪高的阵势呢,吓得连忙缩回了烟篷。

阿金坐在被窝里,见他一会儿就爬回来了,就问:"怎么样?"

包天笑苦着脸:"风太大,人也立不住,太危险了。"

阿金急了,"你不小便,会憋出毛病来的呀。"

在这个时候,阿金就显出农家女孩的伶俐和能干来了,书蹀头就手足无措了,除非你小便在裤裆里。阿金想出一个办法来了。她解下了腰里一直围着的白湖绉纱的裤带,足有一丈来长,又薄又结实。她把包天笑拦腰一缚,打了个死结,让他站在船舷上去,她在后面紧紧地拉住带子。果然,这方法很实用,而包天笑也大胆了不少,很快解决了问题。两人累得跌坐在铺位上,忍不住暗暗笑了,只是这畅意的笑声只能浮在脸上,而不能出声。夜未央,情深深,两人四目相望,悄然无语。

到了清晨四点钟,轮船进了苏州金鸡湖地界,再有一个多小时就可到阊门码头了。天色开始明亮,满船的客人开始骚动起来,纷纷整理铺盖行李。包天笑和阿金也迷迷糊糊醒了。阿金手脚麻利地先起身,将自己的行李捆扎成两堆。包天笑弄了半天,铺盖仍然像一根老油条似的软瘫着。阿金拉开他的手,重新展开被褥,两臂灵活地挥动,一个长方形的铺盖卷就捆扎齐整了。她的力气明显比他大,家务活是一把巧手。她还不过十八九岁,生存的能力却胜过他。包天笑从心里佩服她。

一番忙碌，阿金解开她的随身小包，拿了一面鸭蛋形的小镜子，搁在铺盖上对镜梳妆。包天笑坐在她旁边，轻声问："到上海几年了？"

"四五年了。"

"一直在金湘娥家做事？"

"早先在另一家做的，前年金姑娘家的侍女嫁人了，我就被荐头店介绍去了。"

"金姑娘对你好吧？"

"好的，每月的份子钱也比其他姑娘给得多。"

包天笑对于花月娟门之道从未涉足，不觉来了好奇，又问："你们平时给姑娘做些什么事情呢？"

"事情倒也不多的。主要给小姐贴身服侍，譬如梳头洗脸倒水穿衣等，小姐是白天睡觉晚上迎客，都是夜猫子。你有时看到我们晚上在阳台上说笑，那是吃过夜饭的空档。客人八九点来了，我们就忙了，端茶倒水，整理被褥。有时到了半夜，我们还要为客人买夜宵。"

"你们吴塔那边的姑娘做这行当的很多？"

"多的。上海的荐头店每年都来乡下几次，凡有姑娘的人家都给讲好的，满了十三四岁，就送去上海妈妈处试用。村里有女儿的人家，巴不得早点送女儿出去挣钱呢。"

阿金梳妆完毕，侧着头朝包天笑微笑，调皮地说："你问了半天，嘴巴不干？哎，我也问你，讨了少奶奶没有？"

包天笑摇摇头，"没有啊。"

"怪不得你做事手忙脚乱，快点讨个少奶奶吧，可以服侍你。"阿金扑哧一笑，脸上粉红扑扑的，暗香沁人。

包天笑看得呆了，眼前的姑娘，不就是中意的可人？

一阵汽笛拉响，惊醒了梦中的情人，也生生切开了同舟一夕的缘分。

船到阊门码头,两人相扶着行李,走出了船舱。天朗气清,又是一个明媚的秋日,只可惜,两人要依依惜别。阿金的行李很多,多的包天笑也暗暗吃惊了。船上的茶房伙计,从烟篷货栈里送来了两只大大的藤箱,阿金手里拎着一只百宝篮和一只帆布拎袋。相比之下,包天笑的行李就显得寒酸不堪了,一件灰布包袱,一捆铺盖卷。阿金还要到吴塔,有一段水路要走,他家里摇了一只小船过来接她。包天笑目送着她跳上小木船,伸手招了又招,眼泪在眼眶里打转。

五

两个月后,时局平静,谣言消散。包天笑在苏州度日如年的感觉一直如影如形,回到上海,他好像鸟儿出笼鱼儿畅游,到客栈亭子间门口,就大声叫道:"独笑,我回来了。"这迫不及待的情形,让庞独笑真的笑出来了。

庞独笑看到包天笑春风满面的样子,打趣道:"两个月不见你,换个人样了,在苏州找到好差使了?"

"那里呀,闷死人了。除了在学馆教书,与几个顽劣的小孩子周旋,没有几个讲得来的朋友。"他推开北边的窗户,探出头朝对面的阳台看了看,自言自语地说,"今天怎么得了清静过来?"

庞独笑问道:"你找她们?晚上才能见到人的,现在才是白天呢。"

"噢,对对对,我搞错时辰了。"包天笑有点不好意思。

吃了一会茶,包天笑看到庞独笑忙着写与稿,便忍不住又说:"庞兄,我向你打听一个人。"

"谁呀?"

"就是对面金湘娥家的阿金。她叫什么名字？"

"阿金？噢。我也没有问过她。不过，她们的艺名都是随姑娘姓的。姑娘姓林，那她们就叫阿林。姑娘姓金，她就叫阿金。怎么啦，你看中阿金了？"庞独笑停下了笔，惊讶地说。

"你是我的兄长，我也不瞒你实情。中秋节前我回苏州，和她恰巧乘了同一班船，她对我一路上照顾周全，我要谢谢她。"

"噢。那也不急的。等一会儿，晚上她们到阳台上聊天，你就可以招呼她了。"

嘴上说不急，心里像一百只蚂蚁在搔着难受。包天笑自从在苏州阊门和阿金一别，心里别提多么想念了。从想念升级为相思，从相思升级为单恋。而单恋至深，便催生了熊熊燃烧的爱情之火。

他在苏州的日日夜夜，除了侍奉瘫痪在床的祖母之外，就是写了一首又一首的相思之歌，在心里一遍又一遍吟唱。而且，在这两个月中，有不少人上门为他提亲，都被他婉转谢绝了。阿金虽然是青楼侍儿，但她是一个又温柔又豪爽的女孩儿，能娶她为妻，何尝不是我包天笑的福分吗？这次回上海，船过金鸡湖，阿金姑娘为他束腰救急的情景，又一次活生生地浮现眼前，一腔情怀难于自禁，他口占一绝："短波俯瞰碧波春，一梦温馨岂是真？两岸青山看不尽，眉痕一路想斯人。"

好不容易挨到天暗，包天笑推窗走到月台上，对面窗户纱幔徐徐拉开，走出来一个陌生女子和一个小姑娘，包天笑因为是近视眼，不敢贸然断定对面女子谁，借着灯光仔细辨认了一会，才招呼那个女子："请问，你们是金湘娥家的姑娘吗？"

"金姑娘上个月已搬到别处去了，我们家是王姑娘了。"那女子有礼貌地回答。

包天笑闻言，心里一阵着急，又问："请问姑娘，她们搬到哪里去住了？"

"这就不知道了，我们也是刚搬过来的。"

一听阿金不住在此地了，包天笑大失所望。他失魂落魄地走出了客栈，问客栈的茶房伙计，他们也不知道。庞独笑领他来到望平路上的春番西菜馆，两人一边用餐，一边向侍者打听。庞独笑知道这家菜馆的侍者熟悉各家妓院的近况，一查询，果然有了消息。他们说："有三个名叫金湘娥的，不知你们找的是哪一位？"

这真难住了包天笑，连老上海庞独笑也有点茫然了。于是，只得将三家金湘娥的地址都抄了下来，明天一家一家去问讯了。好在望平街上的青楼都是相距不远。因为心里有了爱，又是第一次的恋爱，为了爱做什么事都值得，什么脸面也愿意付出。第二天，包天笑真的一家一家去问讯去打听。问到第三家，仍然没有一个叫阿金的。这不禁让人有点疑惑了，难道阿金从人间蒸发了？第三家妓院的那个小姑娘，见包天笑失望的样子，便安慰他说："上海堂子里名叫阿金姐的，少说也有十几位。你的阿金姐可能不在上海做了，你要找她，那真是沙里淘金了。"

包天笑怅怅然回到客栈，刚刚坐定，庞独笑敲门进来。他端起桌上的一壶冷开水，咕嘟咕嘟地灌进了喉咙，连说："渴死我了，今天跑了三家报馆，又去何氏照相馆取照片，碰到了一个老熟人了。"

"谁？"包天笑僵直的脸松弛了一点。他知道庞兄这几天在为报馆选美的事忙碌。

"你见过一面的，那个长得像紫娟模样的女孩子。"

"记不起了。"包天笑说。

"她向我说起了阿金的事。"

包天笑从椅子上忽地立起来，紧张地问："她在哪里？"

"你不要急，听我慢慢说。"

原来阿金已经在乡下攀了亲，但不喜欢乡下那个男人，迟迟不愿意回家。阿金虽然在青楼做侍儿，但人极规矩的，有许多客人见她长得漂亮，身材又好，都想动她的脑筋，有的甚至托了金湘娥来说动她，都被她回绝的。金湘娥看她年纪大上去，怕耽搁她青春，就主动劝她回去嫁人的。所以，包天笑中秋节前在船上碰到阿金，就是回去成亲的。

包天笑这才想起，阿金下船时那几大箱行李，像是在上海置办的嫁礼。那是她一生的积蓄和一生的付出。听到这些消息，包天笑愣了许久。他无语地走到阳台上，扶着栏杆，眼泪扑扑簌簌地淌了下来。他在心里一遍又一遍地呼唤着："阿金，阿金！"

人面不知何处去，桃花依旧笑春风。他再也见不到那个温柔可爱的阿金了，唯有在心里，想着阿金，念着阿金，刻着阿金！

（根据包天笑先生《钏影楼回忆录》"烟篷的故事"改编）

远走的富商

一、葱白一枝玉

江南的老房子，有一定规模和气象的，超过百年的很少。风霜雨雪和兵火侵夺，是老房子归于毁灭的两大原因。所以，我对那些所谓的"百年老店"总是心存疑问，这老店还在原址还存原物吗？主人的家业传承给子孙绵延不绝了吗？它的名菜名点还有它的白案红案还是那样芬芳四溢食客众多吗？譬如常熟的名菜馆之 的山景园，创设于清代光绪十六年（1890年），原址在虞山脚下的书院弄，早先承办过满汉筵席。晚清两江总督端方，到常熟两件事，一是专门到古里藏书家瞿氏家里鉴赏宋刻古本，一是到山景院品尝清蒸鲥鱼，因为这鲥鱼是翁同龢吃过的。譬如创始于清光绪十三年的"王四酒家"，原先是北郊兴福寺山门旁的一家小酒馆，业主王四勤于家业，靠山选材，靠水选料，平常的四时蔬菜，在他的精心搭配下，成为席上珍馐。山间野味，宅边春笋，松下鲜蕈，林中飞鸟，经过巧手烹烩，居然成了天下美味。有个写过《闲话扬州》的民国诗人易君左，从江北到江南，饥肠辘辘打尖来到这个小店。王四热情招待，香醅一杯，白鸡一碟，油焖野笋，清炒菜苋，让易君左像回到了家里一般。他一个激动，诗情大发，命王四拿来纸笔，即兴赋诗一首："江山最爱是才人，心自能空尚有亭，王四酒家风味好，黄鸡白酒嫩菠青。"

时间一晃百年，蓦然回首，无人不在灯火里。王四的招牌还在，名菜虽然不在，名人虽然不来，真情并没能远去，食客对于舌尖美味的留恋，还是深埋于心的。想想也是，如今有的店家挂着"百年老店"招牌，只是徒有虚名而已，它的历史账簿上，恐怕真的是一无所有了，连珍藏的回忆也没有。那块"百年老店"的金字招牌，只是高树鸣叫的知了，轻轻蜕变的一张空壳，不要它也罢！

我走在南门坛上，望着被岁月侵蚀的面目全非的街景，当初老房子里游荡的幽灵如今蜗居何处？当年那些忙忙碌碌的商业巨子魂归何地？那些民国年间在南门坛上风云挥洒的奇葩花落谁家？我突然想起了张葱玉和他的叔父，一对远来的富商，民国初到常熟淘金，开了十家当铺，每家资本金达五万银洋，是民国年间常熟最大的实业家。张氏是浙江南浔人，江南著名的盐业巨商，在常熟拥有土地九千六百亩，经营"张源泰盐号"。十家典当中，城区五家，乡区五家，号称常熟第一。张葱玉子承父业，承办盐务，"官盐由他包销，国税由他缴纳"，常熟盐公堂设在莲灯浜。张氏经营的典当，建筑风格奇特，一般都用金山石勒脚，高约一米，重门叠户，形状像藩库。当铺里规矩严格，职工全是徽州人，少量是南浔人。伙计一律穿灰色长褂，剃平顶头，平时不准携带女眷同住，只能长年吃住在统一的宿舍。工人三年方可探家一次，称为子息假，时间为三个月。

自清代光绪末年至民国十三年，张氏在常熟积累了大量的典当收入，陆续购买良田。最大的一次土地买卖发生在1925年。那一年，古里铁琴铜剑楼主人瞿启甲，急需资金筹建藏书楼，将良田四千亩卖给张葱玉，每亩开价一两黄金。当时常熟各家报纸都登了这条消息，称之为民国以来常熟最大的一笔买卖。这些良田都归属张氏"敦裕堂"收租管理，此堂有房屋仓库一百余间，在常熟南门外四丈湾，有轮船码头，水运方便。

说起张葱玉，一般的常熟人很少知道。但是，说起他的叔父张静江，知道的人就多了。因为张静江早年经营古董出口，又是清政府驻法国的参赞，民国时任过财政部长。张氏家族在常熟投资，在梅李等地设立当铺和钱庄，有一个重要的原因。因为张静江的续弦朱逸民，是常熟珍门乡人。珍门这个地方，属于稻棉产区，很富裕。朱逸民13岁时跟着寄娘去上海富商家作女佣，见了大世面。后来又被张静江看中，送到女子学校读书。

生活的时光一如既往，人生永远不会独行。张葱玉骨子里不是生意人，他天生是一个艺术家，命运注定他要做一个败家子。他在商海的某一个港湾弃船登岸，或者说是弃暗投明，又攀上了艺术的一叶扁舟，认识了常熟诗人曹大铁。两人相识于1938年，是在沪上著名藏书家孙伯渊的一次家宴上。张极为佩服曹的诗歌才情，那次宴会后，他特地从上海赶到常熟，与曹结为兄弟。从此，两人你来我往，有了长达十五年的书画之谊。曹大铁比张葱玉小六岁，两人经常开玩笑，张葱玉戏说曹大铁，是"常熟土财主"，曹大铁回报之"洋场阔少爷"。

1946年冬天，张大千在北京收购一批唐宋名画，总价值七百两黄金。张大千拍电报到上海问曹大铁商借一百十两黄金，曹即从家中取出黄金，汇往北京，解了老师的燃眉之急。一年后，由在北京故宫担任鉴定委员的张葱玉当场作证，张大千将五幅元代和明代的名画交给曹大铁，抵了那批黄金借款。

张葱玉从小生活在祖父四千平方米的园林里，耳濡目染历代名画宝器，眼界高远。他的外婆家，又是闻名东南的南浔庞虚斋，凡有庞氏鉴定印章的宋元名画和古籍版本，无人敢说"存疑"两字。因为这两个原因，张葱玉在1934年，即他二十岁时，就被故宫博物院聘为鉴定委员。

人总有弱点，或者说是年轻时的意气用事，或者说是天才少年的轻狂和挥金如土。张葱玉四岁时，父亲张仲萍不幸落水遇难。张葱玉的父亲是近代藏书家、张氏家族掌门人张石铭的第四个儿子。祖父十分溺爱这个孙子。张葱玉十六岁时，就和叔父往返于上海、苏州和常熟等地，管理当铺生意。1931年时，祖父逝世，张家析产，张葱玉分得现大洋200万元。这些有袁世凯头像的亮晶晶的光洋，折合现在的人民币，每枚值一千元的话，就是接近20亿元。他还分得上海南京路上的几十间商铺，天津的两处公馆，以及苏州常熟等地的商铺田产。有了这些钱，十七岁的张葱玉真的来了个挥金如土。当时他还不认识曹大铁，认识了就好了，按张葱玉的气派和气度，冷不丁将虞山买下来，也不是做不到。

上海滩上一场昏天黑地的赌博，三个晚上，张葱玉输掉了南京路上的所有店铺和常熟他名下的全部产业。这是1934年的一场豪赌，张葱玉在上海滩一举成名。在那个春天的早晨，这个脸色苍白的年轻人，戴着宽宽的金丝边眼镜，笑容里带一点肺结核病人的潮红，一种幽怨的病态的神秘，匆匆走出薄雾中的南京路上的百乐门歌厅。也许，他内心里更多的是轻松的解脱，十里洋场，百丈软红，从此抛却财富的重负，开始奔向生命的原野，去采撷野花的芬芳。

后来的故事呢？从黄金堆里长出的这朵奇葩，便仗着自己鉴赏字画的真本领，开创了中国书画鉴定的先河。1949年后，他被文化部副部长郑振铎委任为文物处长，奔走于全国各地博物馆抢救书画。文化部三人鉴定小组，组长是张葱玉，组员是刘九庵、谢稚柳。他和徐邦达为故宫编选了《宋人画册》一书。他在1964年，写出了重要的教材《怎样鉴定书画》。他对常熟有着难以割舍的感情。1953年，他在常熟最后一次见到好友曹大铁，至此他们的友谊已经延续十五年。可惜的是，张葱玉命相单薄，天不假寿，1964年那个冬季，他病逝于北京，享年五十岁。

也许，那个锦衣玉食的张葱玉，从江南温柔之乡来到北方苦寒之地，瘦弱的身躯难于抵挡冰天雪地。本来可以长寿的他，却早早送了卿卿的性命。也许，守着成千上万册珍贵典籍，他可以像张大千那样远走他乡，最终画史留名。可是，历史没有也许，人生注定只有一种命运！

二、灯火楼台

初春时节，穿过长长的浔溪大桥，我们走进"富庶甲江南"的南浔，领略一下张葱玉家乡的风光。小莲庄，南浔镇的精华所在，左边是宰相刘墉的私家花园，右首是嘉业堂藏书楼。有一首当地流传的"浔溪棹歌"专为描写此处的绝妙风光："玲珑楼台，掩映荷池水色。竹树穿风，轻送曲园春声。"当年陈子龙到小莲庄，便是在这里和柳如是书信往来，他写了一首美丽轻松的"春日早起"："独起凭栏对晓风，满溪春水小桥东，始知昨夜红楼梦，身在桃花万树中。"

南浔，属湖州市，离湖州有五十里。它和吴江盛泽镇、平望镇很近，相距约三十里，同属东太湖边上最富裕的丝绸产地和交易集市之一。如果你翻开江苏地图，指向江浙交界处太湖流域，南浔离吴县东山镇水路最近了。怪不得我在东山镇上看到那些砖雕门楼的大户人家，原先大都是靠贩生丝发财的。他们从东山镇码头下船，经太湖水路扬帆直驶南浔，只有几十里水路。于是，源源不断的富贵荣华和玉女娇娃起帆远航，照亮东南半壁的火树银花。近代中国有四大名镇，分别是河南朱仙镇、江西景德镇、广东佛山镇和浙江南浔镇。南浔镇的建制从南宋时期便定了，距今约有800余年了。

那一晚，我们在南浔的水巷穿行，喜欢清风朗月之下她款款的身影。她没有周庄镇那种阴暗心理的小家子气，一条蜿蜒的浔溪东接古运河，西连太湖，宽敞而调皮地横串古镇腹地。清凌凌的水散发着温和的热力，新修的石驳岸水栈头，有桃红绸衫的女子在浣纱洗衣。打个譬方，周庄是一个乡村地主式的庄园，封闭成一种隐士式的生存状况。而南浔就不同，她的缉里丝全国闻名，蚕桑之出和渔盐之利再加上交通便利，使得她在明末就成为全国生丝的主要产地。成片碧绿的桑田在织女的手中化为银色的茧子，南来北往的商贾养育了她成熟的身躯，使她愈发变得富态而娇媚十足了。于是，我慢慢明白，几百年来，像南浔这样的富裕小镇，蕴含了读书的种子绵延不绝，出一二个泼天大胆的艺术赌徒，完全是她的造化，是中国文明史的幸运。真可谓：野雾迷树色，渔灯照冰痕。落日一篙桃叶浪，熏风十里藕花香。

小小的名镇，别有一番迷人的风姿，流传的不是"直如弦，死道边；曲如钩，反封侯。"的歌谣，却是"九里三阁老，十里两尚书"的谚语。6万人的小镇，百余年中出了一个探花，三个大学士，两个尚书，科名不可谓不盛。至晚清，昔日南浔的巨商大贾，走出深宅大院，在十里洋场长袖善舞，拿黑银子白银子当灯笼，双眼雪亮，洞察官场、洋场、商场的利害得失，象牙筷上扳雀丝，蚊子腿上分肥瘦，审时度势，着实做出了一番左右东南局势的大文章。旅况匆匆，三百年的繁荣风流，未见南浔有火败气消之态。你在灯火隐约处，小桥流水间，明眸皓齿中，不是仍能见识她的香鬟丽影吗？

三、春梦小莲庄

　　小莲庄是清末刘镛的私家花园，占地 49 亩。在城开不夜的今日南浔，她是春风骀荡的佳园，以一种宁静修炼的姿态与喧闹的商市隔岸毗邻。与小莲庄曲溪相连，刘家还有一处嘉业堂藏书楼保存完好。这是一幢两层西式楼宇，四四方方的内院，足有一个小足球场那么大。藏书楼占地 23 亩，这是我至今在江南所见私人藏书楼中规模最大的一处。经营小莲庄和藏书楼，刘氏从乾嘉年间便开始了。刘家祖上出过一个二品的大官，但其后代的发达并未全靠祖宗的余荫。道光年间，刘氏后人便以经营丝业和盐业为富一方。为富并非一定不仁，留下两处名胜古迹，便成了南浔文化之邦血脉贲张的明证。我在小莲庄"净香诗窟"看到翁同龢的题匾，还在藏书楼中见到张謇的诗联。

　　遥想当年，楼主何等风雅惬意。春日落入平畴绿野，诗人墨客，名流帮闲，高朋满座，暗怀机锋。霜隔帘衣春盎盎，月停歌板夜徐徐，人影花影相映，莲池精舍夜雨。

　　盛产丝绸的地方，百姓富庶，风俗奢靡，饮食男女处处讲究精致鲜美。譬如这里的三鲜蛋，其蒸制的方法就与常熟的不一样。先用鸡蛋三个，加去油的火腿汤一杯，盐少许，打透蒸熟，像极嫩的水豆腐。这时才加佐料，如火腿屑、冬菇粒、虾仁之类，这时再打一个生鸡蛋，连同蒸好的嫩蛋一起打匀，再上笼蒸透，这便是浑然一体美味绝伦的三鲜蛋。好菜好水好风光，自然养育一方好人才。谁说不是呢？那晚我们在浔溪桥畔的酒家小酌，陶然引杯，乐在其中。其乐不尽在薄酒青蔬，更在门前桥下川流不息的夜市人海。月下灯前，醉眼迷离，恍惚的心绪飘的很远很远。红衣绿裤，玉臂弯弯,娇韵飞流,穿梭如风。

清晨,莲庄秀色一览无余。风吹过,参天香樟绿冠微晃,一抹粉墙,一池春水,一弯曲廊,随着游人的巧笑娇语而静中欲动。小莲庄里的太湖石,大都是当年旧家名园散落在人间的精品,架梁叠石,跨河横卧,初看像水面飞虹,一点晴波从中闪烁;手摸耳听,箫声呜咽,仿佛梵音风前响递。我们走过园中一幢西式的"小姐楼",是昔日刘家小姐遥望园景的窗口。这里正对着烟雨清澜、三楹精舍,一池碧水。试想,夜之精魂潜入大地之时,这满园的花木丛中,飘来阵阵"夜来香"的香味,迎着新月微光,怀着一腔愁绪,一位妙龄的小姐能耐得住春雨独宿的寂寞吗?悄悄去吧,轻轻走啊,转过夹弄,蹑足小巷,影影绰绰的树荫深处,有心爱的情哥哥等着呢。这正是:剪水双瞳款款来,一梦温馨燕留踪。

春风过处,小莲庄留下羽光吉影,飞泻于落日映照的旧家庭院。一个古老的园林,飘逸着昨日的幽灵。

徐汉棠的"宝贝"

春日午后的阳光，透过落地长窗，轻无声息地罩着老人窝坐的皮质沙发。这一个图像我似乎在哪里看到过，噢，我想起来了，是黄永玉的照片，他就是窝坐在一个巨大的布艺沙发里，一手端着石楠雕花烟斗，一边挥动着手势，与来访的客人滔滔不绝。

在这五月的暮春天气里，我面对的却不是黄永玉，而是宜兴紫砂工艺家徐汉棠老先生。他已经八十三岁了，像一个迟暮的老英雄，白皙的小圆脸，隐现着一个个小小的褐斑。按照约定的时间，我们来到他的寓所客厅，他从皮沙发上起身迎接我们，他刚从午睡中醒来，像一只慵懒的老猫，轻盈地悄无声息地向我们走来，一脸灿烂的笑容。英雄虽然迟暮，宝剑依然锃亮，从他的眼神，从他的高耸的眉毛，我感受到一种宜兴手艺世家的硬朗和坚韧。

这是我第四次见到老人了。虽然宜兴和常熟隔了个百十公里，十年中见个三四次面，也是一种机缘巧合。宜兴这个地方，靠山靠水，物产丰富，非但有茶叶和竹子，还有紫砂。山清水秀的地方，往往几百年就会诞生一批大艺术家，即便天灾人祸，也断绝不了慧根的灵性。远的不说，近代就有三个大画家诞生在宜兴这块土地，分别是：徐悲鸿、钱松岩和吴冠中。

徐汉棠做茶壶和花盆，心细如发，天机蕴含，艺术的花卉开在手心里，低头就是水中的月亮，抬手就是婴儿的天籁。他的朋友中，画家居多。上海滩上的"百壶斋主"唐云就是他的座上客，一壶换一画，成就了画家的茶思。画不能饮，不能手抚鼻嗅，而壶却能手摸嘴抿，更能耳鬓厮磨，亲吻如玉。徐汉棠慢慢地引我们上楼，暗红色的楼梯宽大如廊，一个素色的身影引导我们走进他的紫砂殿堂。这是他一生的珍爱，这是他一生的浓缩，就像敦煌的洞窟，一灯如柱，照亮满室簇拥的队伍。我偶尔在楼梯上张望，见到每个楼道素白的墙壁上，挂着唐云的小品和韩美林的生肖画，它们是艺术的守望者，照看着老人一生的心血之作。楼梯转角处，红木花几端坐着一尊超大体量的提梁壶，这种壶的肤色，像人的肌肤一般经历了太阳的抚摸，有点古希腊人狩猎者的健硕昂扬。

从楼窗向南望，是一条清澈的小河向西流。这是乡村的小河，一如丁蜀镇上大大小小的河流一样，怀揣一川锦绣，催开水雾迷蒙中腾起的甜蜜的花朵。紫砂艺人历代的梦想，就是有无数这样的小河散发着原始的香味。水、五色土、松树柴，在手艺人刮削壶坯的刀锋上，弥漫、凝固，一个个对望相守，紫玉般油润的包浆，粒粒闪亮。就像历史暗夜的天空里，星星滴下的泪光。

艺术家和工匠，只有一步之遥。当初齐白石没有被徐悲鸿延聘至北京国立美专，可能就是一个享誉长沙的雕花匠。而徐汉棠假如没有在他四十三岁时到中央工艺美院学习一年，也许他永远就无法超越他的师傅顾景舟。他的绵绵爱意，他的恋恋童心，今天已经融化在二百多只造型各一的光壶素胎之中，还有他最钟爱的近二百只"汉棠袖珍花盆"。我们有幸享受到至尊好友的待遇。徐老打开锁着的红木玻璃柜子，摊开洁白的毛毡，捧出五把代表他最高做壶水准的茶壶，让我们轻轻抚摸赏玩。我立在他对面，他端坐在宽大的扶手圈椅里，凉风从花园里吹来，我听他在喃喃自语，就像佛陀在向我微笑："我这么大年纪了，要那么多的钱干什么呢？还是多留下一些壶吧。"

他指着正面墙壁上挂着的一幅约二米长的花卉蔬果图，开心地说，这是你们常熟老画家曹寿铭画的，我很喜欢的。十多年前，我到常熟玩，他送我这幅画，我送他一把壶。我细细端详，画面色泽艳丽，蔬果水灵如鲜，就像春姑娘送来的七色果篮，摆放在阳光下的窗台，透着明媚透着活力。壶和画如此的姻缘，真是妙不可言。

捧起一把紫砂壶，泡一杯铁观音或者云南普洱，如今是一种生活品质了。可是，徐汉棠小时候在伯父和父亲的"福康"陶瓷作坊里学生意，做的并不是紫砂壶。紫砂器种类多样，为了生活，什么都要做。1948年，上海的铁画轩来了一笔大订单，要求"福康"做出十二万只笔筒。全家上阵日夜赶做。小小年纪的徐汉棠，做生活不是死做，而是动脑筋想办法，在工具上创新。老师傅一天做五十只，他竟然一天能做五百只，手艺人的本领全在这份心细手巧的琢磨。

一代代的紫砂老艺人，最初的活法就是多做，人间有什么样的飞禽走兽百戏花色，他们便用泥巴捏出无数精彩。紫砂最初是一文不值的烂泥巴，从简单的陶壶陶罐开始，经历数百年的积累进化，才达到一个艺术与实用的境界。

1952年，徐汉棠21岁，正式拜紫砂名家顾景舟为师，成为顾老第一个入室弟子。由此，揭开了宜兴紫砂登堂入室的新篇章。宜兴紫砂壶进入文人雅玩行列，是从明代的"大彬壶"开始，一直到清代的"曼生十八式"，逐渐成为文人品味高雅的象征。紫砂壶从民间俗器开始，进而上得了厅堂书房，出得了会所雅坊，它的经历和七弦古琴、宣德香炉有异曲同工之妙。文人于书房静室中的三大爱好：焚香自省，品茗清心，操琴通灵。由于紫砂壶的加入，达到了一种世俗生活可以触摸的高度。

绚烂归于平淡，一切源于心灵。美好的夕阳降落于地平线，老人的嘴角流出一丝调皮的笑意。他轻轻地说：去年我的师傅顾景舟的一只壶，拍出了一千多万元的天价。拍卖行的人打电话给我，问我真假，我说这只是真的。话音一转，老人有点气恼地说，现在仿冒壶太多了，有的人真不要脸，赚钱怎么可以这样？老人告诉我们，曾经有人打电话给他，只要他说某只壶真的是名家做的，立马就往他账户上汇出一百万元。他严词拒绝了。

说起与师傅几十年的交情，就像梦里江南一杯杯醇厚的酒，更像烟花三月扯不断的柳。

还是回到那荒唐的年月里，手艺人的故事真像苦胆一样难以下咽。徐汉棠年轻时就喜欢侍弄盆景，宜兴多山石树桩，挖一株雀梅或榆树，回到家稍加修剪，精心填土栽入小盆，就是一幅随时可触摸的山水画。花盆当然是用紫砂做。徐汉棠不仅手巧，心思繁密，更是动手快。他是紫砂一厂有名的高产能手，别人一天做个三四只出口的茄段壶，已经是快的了。他一小时做一个，每天能做九到十个。艺高人胆大，各种传统花样到了他手里，仿佛有了神助。几个月下来，他竟然做了几十只袖珍花盆，有仿汉式的长方如意盆、有仿宋汝窑的三足龙纹盆，更有从花壶中脱胎而来的莲花形、腰鼓形、竹笋形等等，小不过拇指大小，细不过盈盈一握。他的几个上海盆景协会的朋友，见了这类小巧可爱的盆子，大呼惊讶。五色土到了徐汉棠手里，化身变成了掌上明珠了。当时上海人居家闭窄，喜爱盆景又无法移居斗室。这小巧的盆子，可放在博古架，也可安放于桌几床头，真是大大缓解了盆景爱好者的相思之苦。于是，以盆会友，这些盆子陆续无偿送给了上海的友人。当时，上海花木盆景的高手圈中流传，谁拥有一只"汉棠盆"，谁才是真正的玩家！

说出来令人不相信，徐汉棠做紫砂花盆，要瞒着师傅顾景舟。1970年前后，徐汉棠担任厂里新品种的设计师，每年有一批紫砂仿古花盆送广州产品交易会选样。但是，师傅却不赞成他去做花盆，认为这是不务正业。于是，徐汉棠只能瞒着师傅，白天上班时，和师傅面对面搁着一张泥凳，完成茶壶生产定额。晚上等师傅下了班，徐汉棠就拿出了袖珍花盆的草图，聚精会神做起来。因为喜欢，因为沉浸在古色古香的梦境里，似乎是冥冥之中有神仙在指引他，在一座曲曲弯弯的后花园里寻访，那是春天的牡丹亭里名花异草向他索取栖身之所，那是一个个风尘满面的灌园叟躬身服侍奇石灵壁。每个星期天，他还在家里修改图纸，构思新样。有一次，不知怎么走漏了风声，他做花盆的事被厂里造反队知道了，没收了他刚出窑的五六只花盆，将花盆钉在厂门口布告栏内示众，上面赫然批着几个大字："为谁服务？"

眼看一年多来披星戴月的心爱之物要化成碎片，徐汉棠又气又急。回到家里，他左思右想，急中生智。半夜里披衣起床，刻了一枚毛主席语录的印章。"文艺为工农兵服务"，盖在每个花盆的底部。终于，200多只花盆逃过了一劫。

真正的手艺人都是老实人。徐汉棠的这批袖珍花盆，1970年之后，大都无偿赠给了上海盆景协会的爱好者。其中有个特别喜爱这批宝物的上海收藏家，陆续收了140多只。徐汉棠没有收过他一分钱，只是提了一个小小的要求：今后有机会出版紫砂图集，你要将花盆的照片给我，或者让我来拍照片。上海藏家很爽快地答应了。可惜的是，人心难测，世事变化。二十年以后的1992年，品茶成风，紫砂欣赏俨然成景，名家紫砂更是价格一路飙升。这年，徐汉棠参加了台湾省的紫砂交流会，回到宜兴，就准备出版一本紫砂专著。写信联系上海藏家，为那批收藏的花盆拍照。不料那人却变卦了，推三阻四，一个盆都不肯让人拍。事情拖到了1997年，徐汉棠参加上海主办的中国首届陶艺展，和两个儿子一起找到上海藏家，他已经一个花盆都拿不出来了。原来，上海收藏家已经将这批总计140只花盆，高价卖给了一位台湾商人，换取了一套别墅。

机遇永远垂青有准备的人，命运之神总是眷顾心灵之灯！

通过台湾热爱紫砂的朋友，徐汉棠终于找到了收购这批花盆的商人。他筹集了50多万元，在1998年2月，将140只花盆，重归于手。望着这一批形制众多、款式丰富的紫砂花盆，分别了近三十年，徐汉棠自己也有点不相信自己的眼睛了。这批五色土炼出的圣器，泥色已经呈现暗红色的包浆，它们像一个个长久脱离队伍的将士，如今回归到统帅的旗下，重新列阵布兵，重新摇旗呐喊。此时徐汉棠的心情，可用一首刻在明代铁砂盆上的古诗来形容："春宵月色浮无烟，万树梅花映水边，试向青山深处望，银蛇满壑泻清泉！"

梦中依稀见过你

震泽

　　震泽，与我的故乡盛泽是近邻。20世纪50年代，盛泽到震泽，也要半天的水路。童年时，我住在盛泽镇上，因为交通的缘故，竟然没有到过震泽。后来，跟随父亲移居常熟，从父亲的嘴里，经常听说震泽的故事。

　　1947年至1949年，父亲一直担任地下党交通员，他负责从盛泽到湖州南浔一线的情报传递。交通员的工作是昼伏夜出，迈开双腿潜入暗夜，专门行走于田埂荒郊。他晚上从盛泽出发，半夜时分到达震泽，悄悄寻到市梢头的米行，找到同乡歇脚处，交换了情报，再连夜往南浔而去。有一次，发生了意外事件。父亲从南浔带了两支全新的德造二十响驳壳枪，要转交给吴江的地下党。他扮成捉蛇叫花子，将沉重的枪支用油纸包好，塞在破旧的提篮里。到震泽，也是半夜，露湿雾重，又饥又饿。因为带了枪，他不敢在同乡处休息，便寻了个野坟地里的柏树下打盹。蒙眬中觉得天色初晓，远处传来人声喧哗，父亲大吃一惊，以为是敌人搜捕来了，便赶紧在田野里狂奔，寻了个土坟堆，将两支枪塞了进去，还差点给盘在草丛里的火赤链蛇咬了。他急步回到震泽，躲在同乡的米行里，提心吊胆的藏匿了一整天。到了夜半，他再去寻枪，哪里再寻得到那个野坟地？乡村的土坟暗夜里根本无法辨别，父亲只记得这个土坟在震泽与坛丘之间，久久搜索无果，白天又不能耽搁，只得颓丧而回。这件事，一直挂在父亲心上，中华人民共和国成立后"肃反"时，还牵了他头皮，写了几十页检查。

不过，父亲跑夜路的本领就是在那三年里练出来的。1970年，他在虞山尚湖的五七干校劳动。半夜里给稻田放水，狭长的田埂，伸手不见五指，他仍走得飞快。同行人在后面连喊"老俞，慢点"，他却已经没了踪影。父亲骄傲地对我说，他一夜天可以从盛泽到震泽，走个来回。

应荆歌之邀，我来到了久违的震泽。登上禹迹桥，与慈云塔比肩，我就有一种梦中依稀相识的感觉，那种江南小儿女的情怀，在水清风爽的小巷中，悄悄地剪裁着甜情蜜意。走进宝塔街，高高的女儿墙，宽宽的石板路，横跨街楼的砖雕门楣，老式米行的眉毛天井，就仿佛回到了我童年时代的盛泽茶叶弄。口角生香的熏青豆茶，还津津留味，那多收了一斗二斗三五斗的米行，也许，就是我父亲的避难所。走到丝绸作坊前，我抬头一看，楼窗下挂着三四串黑亮的酱肉，觉得像久违的老朋友一般亲近。酱肉、酱鸭、酱茴蛋，是吴江人的最爱，是一种久远的滋养，一直深入到我的骨髓，它是我生命里的维生素。记得1962年大饥荒，我从常熟逃到盛泽，奶奶从厨房里切了几片黑黝黝的酱肉，放在我的饭碗里，还有一只酱茴蛋，我狼吞虎咽，噎得咽不下去了。奶奶疼爱地说："慢点吃，慢点吃。"我怎会慢点吃呢？我怕吃慢了，就会没得吃了。要知道，当时8岁的我，在常熟总是吃不饱，肚里几个月不见荤腥，麦片粥和糠饼，已经是城里有户口人的享有了。于是，在奶奶家里吃到的那一顿美食，成为我懂事后的第一顿美味。你说，我看到震泽宝塔街上的酱肉，能不像见到亲人一般的依恋吗？它救过我的命，它是我的救世主啊！

进师俭堂，过轿厅，转天井，上小姐楼，推窗临街，像回到了儿时童嬉的老墙门。我住过的茶叶弄里，也是这样一种格局的老房子，当然没有师俭堂这样气派这样进深，它只有二进，高高的女儿墙上有八角形的漏窗，楼梯上方也有翻转的隔门。旧时代，富裕的江南小镇，常是兵匪盗贼经常光顾的地方。要想数百年保存完好一处大宅院，真是凤毛麟角。震泽师俭堂，就是这样一处宏富精美、深达六进的豪宅。我每到一处这种富有含光韬晦之美的宅园，总会作一番悠远的遐想，想象它落成之时挥金如土的豪爽，想象它大家闺秀或是小家碧玉式的吞吐能量。宅第就是一种强大的气场，气场的中心就是人的生命，以及人的灵魂和它情不自禁的舞动。

遥现当年情景，师俭堂初露峥嵘，满城乡亲争睹门楼风韵。轿厅里，秀才的青布小轿，官员的八抬大轿，小姐的锦幛帷幕，新娘子的流苏凤冠，一时间，莺莺燕燕，蜂蜂蝶蝶，祝贺颂歌与慈云塔影齐名，红男绿女与丝弦喜乐共进。谁能不说，这是震泽志书青史留存的建筑佳话？谁能不提，清清荻河漫不经心吐出一串珍珠？我总是在它的楼台上寻觅旧痕，那磨得锃亮的铜环，那走得滑溜的步槛，那彩色的西洋玻璃窗，无数个月明月晦之夜，伴随着老宅这个迟暮的美人，悄悄停停地传递着有关风月无关痛痒的信息。

历史也有会心的一笑。大宅院的旧主人会老去，大宅院的新子孙会远走。于是，七十二家房客挤进了老宅院，二分明月自然会被切割成柴米油盐的算计。人生的故事也许会更多更细致，也许，曾发生过，男欢女爱，跳河投环；夜半歌声，鬼影出巡。远走的痛揉捻着远走的风，潜藏于永不停歇的欲望之河。

如今，师俭堂已成为震泽旅游的一张名片，一部无语的百年沧桑的纪录片。每到黄昏闭馆时，我依稀看到，昔日盛装演出的美人，挥洒着胭脂红的水袖，向游人作最后的谢幕，她的鹅蛋脸上，分明留着泪痕。她要卸妆去了，她要月下吟诗去了，她的纤纤素手，要轻轻拨动那永世的凤尾琴了。

告别师俭堂，风是新鲜的，水是清冽的。我站在禹迹桥下，迎着冬日午后的阳光，看到粮库老码头下，宽达数十米的石级没入荻河，七八个姑娘少妇正在洗衣，棒槌溅着水珠起落，一派恬静景象。这是震泽人的福分，与那熏青豆茶，与那黑豆腐干，一起收入我的行囊。

南京

我虽然生活在江南某小城，似乎离南京这个六朝古都很遥远。这个遥远的感叹来自十多年前。十多年前，沪宁高速公路还在蓝图上描绘，我们的小城离南京有近300公里，先要坐汽车至苏州，再从苏州乘火车到南京。我记得，我的朋友第一次自费编印了一本《海子骆一禾诗集》，一共四千本书，要到南京的印刷厂里提货，沉甸甸的书真是像小山包一样堆在货仓里。我记得，我陪他从苏州乘下午五点的火车，到南京已经晚上近十点了。我们这群从乡下来的小文人，头一次到天子脚下，竟然在陌生的城市里迷了路。公交车把我们扔在漫长的中山路，站在宽宽落叶满地的人行道，我们怎么也找不到住宿的地方——破布营办事处。在已经寂无人迹的街头，踯躅了近二个小时，才寻到了一个巡逻警察，指引了方向。我们两人总算敲开了办事处的门，烧水做饭，当夜不致露宿街头。

联想到一百多年前，常熟至南京江宁学府考举人的学子，到金陵一次，就算是远游了。当时只有水路，众学子订好日子，合伙包一条船，在船上要预备三五天的饮食。常熟到苏州需要一天的水路，苏州到镇江至少两天。从镇江往南京江宁，走的是风急浪险的长江。假如遇到风雪弥漫的恶劣天气，江面封闭，航船只能停在镇江码头苦苦等待，少则一两天，多则三五天。据晚清一份《点石斋画报》记载，有一年中秋时分，江苏松江府的八个秀才，同雇一条船往金陵考试，船就停靠在镇江下关北河口码头。当夜，镇江一批无赖兵勇，借口封船，不许航行。秀才们据理争执，引起兵士愤恨。于是，大批兵士到船上大打出手，秀才们有的跳江，有的被刀伤，结果造成秀才两死三伤的惨剧。

南京去的多了，路径也就熟了。记得，我出差常住在高云岭小街的旅馆，那里一个法国式的小洋房，也就是那种民国年间造的充满浪漫情调地院子。住在高云岭，还有一个原因，因为它离湖南路很近。当时江苏作协的两本刊物，一本《雨花》一本《钟山》，其编辑部都在湖南路一处公寓楼的三层。那时我比较喜欢文学与写作，所以出差的空档，就去编辑部看看朋友。我的印象中，文学的复兴期间，编辑部可不像什么法国式的沙龙。我去那里，十有八九碰不到朋友，作家们都很疏懒，上午不上班，下午迟迟来。后来我就不去了。不去了，甜言蜜语的稿件却经常在刊物上发表。我在《钟山》上发过一篇散文，很长的，责任编辑是王干。他现在调到北京去了，很久没见面了。在《雨花》上我发了很多小说散文，主要是散文。我的文学老师和前辈，例如费振钟、唐炳良、梁晴，他们都对我有过很大的帮助，我一直记得他们。有一次巧得很，在《雨花》办公室门口，我看到大作家艾煊，是个很慈善的老头。后来我才知道，他是作家储福金的老泰山。

说起与南京的缘分，最早要归结到南京文联的《青春》。我的第一部中篇小说《曾朴情海录》，就是在1989年《青春丛刊》第六期上发表的。发表一部小说，现在看来也没有什么稀奇。如今在网上发表一部百万字的长篇，也是手到擒来的事。不过，在那个年代，我的那部中篇发表时，也有点特殊性。那一期的《青春丛刊》，是最后一期，后来就不出了。据说为了在市场上卖得好，那一期丛刊印了十多万册，也不知真假。但有点是肯定的，为了抢在停刊之前发稿，那一期的各篇小说，文字差错极多。我的那篇小说，通篇将"小姐"印成"小组"，"丈夫"印成"大夫"，可以想见，为了提前出刊，责任编辑如何的仓促发稿和校对了。

文字差错多，并不妨碍刊物的流行。隔了好几年，我在一个浙江公路边小饭店的收银台上，看到一个小伙子在翻着那本封面油腻腻的《青春丛刊》，封面有一个带着巨大耳环的美女，朝我傻笑着。唉，那一段时光，远走了。

王婆卖瓜式地唠叨着南京往事，其实也说明了南京在我心目中的崇高。南京人虽有"大萝卜"的流行语，但在性格上，其实是很有包容乃大的气度的，它要比纯粹的江南人有气概，又比淳朴的江北人有宽容性，因而在办事作风上泼辣，开局上有新的气象。因为它毕竟是江南江北，乃至河南、安徽、山东各省子民汇集的移民城市，又有着金陵皇都的古城气派和文化涵养。南京人的"大萝卜"性格，其实是办事"嘎嘣脆"的性格。因为，大萝卜不是空心"大老倌"，它是既好吃又实惠的绿色食品！

远走的红男绿女

我走南闯北，很注意各地城市中人们的休闲情调。大城市有大城市的风味，中小城市也有它山山水水的清音，乡村茶馆更有粗俗的消遣方式。例如在北京。我在一个冬天的晚上，走进了一个叫做"大西酒吧"的地方。这是北京海淀区一个文化馆改建的酒吧，掀开黑色的棉布帘，整个大厅都是黑色的装饰，天棚是冷冰冰的钢架，墙面是黑丝绒，环圆形一圈高脚椅，起码可坐五十来人，中心地带不规则放着椅子，客人可饮茶，也可饮低度酒。这类晚间沙龙式的聚会，参加者大都是外国留学生、使馆文化官员以及北京的画家和歌手。我在那里，碰到了摇滚歌手崔健，他戴一顶长舌的帽子，牵着儿子的小手，悄悄坐在吧台旁，不一会儿就走了，一点也看不出体育馆大舞台上那种狂放张扬的样子。当晚演出了幽默舞剧"无声的云"，是一个叫黄秋红的女子主演的，在场的人很安静，啜着放着冰块的红酒，欣赏看穿着黑色紧身衣的美丽的姑娘们倒立的身肢。散场时，我的背后飘来一阵浓烈的香水味，转头一看，原来是一个装束随意的金发女郎，手指夹着细长的香烟，正与一个中国小伙子交谈着,那一口流利的普通话,令我目瞪口呆。我的朋友告诉我,她在北大读政治经济学研究生,是美国人。我所以很欣赏北京那种开放的氛围,愿意在北京多待几天,就因为它那种特有的宽松和宽容的环境吸引了我。

如今,文化的情调也开始在我们小城弥漫,言子的文学布道历经两千年,浸润着人的心路思绪。菱塘沿畔,新近开出了一家具有台湾茶道风味的"耕读园",很有乐趣,很有一种诱人的清香。热情干练的老板娘是一个较有文化品味的人,她告诉我们,"耕读"两字,其实是一种传统文化的含意,亦耕亦读,提醒人们在劳作之余不忘喝上一杯清香扑鼻的茶水。我的理解是,古代就有男耕女织,它传承着香火一脉;而读书能知理,便是继承了斯文一脉。

斯文,体现在"耕读园"一个"雅"字上,有雅兴,有雅趣,更有雅乐相伴,雅座相约,雅室相迎。如果你是女士,你可点"八珍茶"或"黑珍珠",如果你约三五好友,可宽舒地围坐一张方桌,立顿红茶也可,君山银毫也可,细细品,慢慢饮,有时尚杂志随意翻,有围棋象棋供君弈。"耕读园"的茶具也颇有特色,陶质的厚重而敦朴、水晶玻璃的玲珑而细巧、青花斗彩的,更是薄如纸、滑如玉。手捧这显示主人细密心思的花一般美的茶具,你能不说,这喝茶,也能喝出氛围来,喝出情致来?是的,喝茶喝到这份上,也真才算喝出点味道来了。这就是闲中情致长,园中茶色香。

要说茶座的"野路子",当仁不让是南京的"好男人酒吧"。茶座、茶楼、茶馆等,这是国粹的叫法。宋朝的娱乐场所叫"瓦舍",又称"勾栏",世俗的享乐例如喝酒、吃茶、听书等都在里边。现代都市人要有西装革履的感觉,便糅合西方的酒吧与东方的茶馆之精华。称茶楼者,也有啤酒供应,称酒吧者,其实茶的种类也不少。"好男人酒吧"在南京小有名气，我们那次去，是由一位画家领去的。而这酒吧的老板，也是一个艺术学院学过中国画的人。我一般很注意这类开在陋街僻巷的大型酒吧的内装修，它果然有特点。在一个以前的工厂废弃的车间里，墙面上画满了美国西部牛仔的男女群像，主色调是红色和黑色。在我的眼里，这红色似乎有暴跳如雷的倾向，这黑色呢？倒是嬉皮士的本色。吧台栏杆，是用旧的自行车漆成银灰色做成。大厅中间的装饰，就是一辆不知从哪里捡来的旧摩托车，也漆成了银灰色，用铁链子牵着，怪物一般蹲在那里。这些黑色幽默情调的装修，都是出自一个叫赵勤的年轻画家之手。那天晚上，他被众星捧月一般起哄，坐在一个高脚凳子上，弹起了吉他，唱起了流行的歌谣。也有光头的外国人静静地坐在那里听着，更多的姑娘和小伙在大声地争论着什么。那天晚上，我记得那个会画几笔中国画的老板，一箱一箱地搬出罐装的啤酒和可口可乐等饮料，让他的这帮朋友和朋友的朋友，以及朋友牵来的狐群狗党，再加上胸前晃着十字架的朋友的女朋友，毫无节制地又是毫不羞耻地挥霍着这些可怜的饮料，也就是他的血水与汗水。茶水和啤酒的泡沫淌流在桌椅上，热的雾气和香烟灰香烟蒂随处抛头露面。几乎每个光顾酒吧的画家身边都不缺少女朋友，哪怕这个画家穷得只剩一条裤衩。这些女孩子人都是艺术的崇拜者，又有一颗浪漫、多情且敏感的心，她们和她的情人一样喝酒抽烟，旁若无人地在大庭广众之间走来走去，或者就倚在情人的身上作出亲热的姿势。这里的情调是开放的、自由的，朋友要走，来去自由，用不着装模作样演讲告别词。独行客也有，丛林大盗也有，淑女也来泡一阵，荡妇也可寻个好男人。我有点担心，这样朋友多于生客的酒吧，能维持多长生计？而这好像用不到我来担心。多少酒吧和茶楼像开关一样开了又关，关了又开。而生活的大门，也就在这反复无常的开开关关中，穿梭着跳动着一颗颗生命的心。

一晃，我已经两年没有光顾"好男人酒吧"了，不知它醉倒光阴的酒瓶塞还开不开？在每一个煽情的晚上，青春的煽情和少男少女的调情还火不火？空气中的水雾和青烟还在欲望之河弥漫吗？吉他呢？它西班牙式的弹指一挥，多么像一堆梦里乱蓬蓬的相思草，在城市中发出荒野的低音……

这是一个不断制造流行的年代。我是在小城叫做"乡村往事"的一个比较前卫的茶楼里见到李志宏的，他是苏州企鹅茶座的三个合伙人之一，抱着一把借来的吉他，在深夜的大街上边弹边唱。有什么比月光下无忧无虑的歌唱更能打动人的心弦，如果你还年轻的话？这个小伙子是个多才多艺的人物，毕业于苏州丝绸学院。他的家乡是四川成都，就是"锦城丝管日纷纷，半入江风半入云"的那个地方。此曲只应天上有，人间能得几回闻？不过，李志宏他们选择苏州发展年轻人的宏图大业，还是选对了地方。苏州虽然被常熟人骂做"苏空头"，但苏州园林的精致和苏州姑娘的天生丽质，却是任何乡村野夫都向往钟情的。

我去过几次苏州工人文化宫边上的企鹅茶座，门面前半部是书店，书刊的种类不下数千种。天堂古城，文化的底蕴深奥，文化的交流快速而顺应时尚，我在那里挑选了好几种张爱玲的散文集。门面后半部，是茶室，有席地而坐的榻榻米，有粗糙的杉木柱子做成的桌椅。李志宏他有时就抱着电声吉他，在麦克风前为朋友演唱，他有一个低沉的磁性的嗓子。有一次，我正好在那里和几个朋友闲聊，来了一个台湾滚石唱片公司的音乐人。所谓的音乐人，在我的理解，就是猎取歌手的"猎头"，他看中了一个有潜质的歌手，便为他量身定做歌曲，做出精美的包装，然后推向市场。在这个注重包装的年代，有许多激情是靠了"猎头"的慧眼煽动起来的，而少男少女狂风般的情感，便像挥金如土一样，被轻诺寡信的唱片公司的老板照单全收了。

那个"滚石"的音乐人,那天带了个模样像张惠妹的苏州姑娘,趴在桌子上,一边喝茶,一边在曲谱纸上写音符。我问李志宏,他在干什么?李说,他在写一首茶座情调的歌曲,这几天都来喝茶。

茶座酒吧,来来往往的人流像风一样来去无踪,人生如风,是啊,谁又能寻到风的脚印呢?

京都萦魂
——读史札记之一

薄暮时分，黑风细沙浓浓地盖住了京城，京城似乎有点发抖，四周的土墙瑟缩着身子。一向威严的刑部大街，也只亮着几盏半死不活的黑漆灯笼。天也真是冷到人心里了，穿过胡同的人影儿，一个个都像呆头鹅似的，耸肩缩颈，双手笼在袖管里，傍墙疾走。

从模糊的衙门洞里，走出一个高个子的年轻人，跳上一辆相当破旧的长档官车，的的笃笃地消失在风沙弥散的长夜里。

这人就是翁同龢，25岁，跟父亲翁心存在刑部当差，在直隶司当个文案。而他的父亲，此是却已经是刑部的郎中了，相当于如今的厅长一级干部了。不过，这样的厅长，在京城里是像走马灯似的太多了，就像西北小县城里的驴粪蛋，满街可以拣一筐。

灰色的夜是看不出人的脸色的，但翁同龢的眉心打着结，刑部的公案饭是不好吃的，他的袖中就有一份案卷的批要，是一件奇奇怪怪的案子，说出来就像鬼活一般，令人有点不可思议。

案子发生在顺天府下属的宛平县，这是一个集中了北方挑选太监的专门机构——牙行的地方，李莲英就是这个县的人，被丁宝桢参了一本的安德海就是这块地皮上的人。后来被李莲英杖杀的光绪皇帝的贴身太监寇乃材也是从宛平县的一家牙行中送进宫的。该县有一个天字村，据说明代天启年间的官窑有一种"天"字款的，品种极为稀少，却在这个村里发现过一只斗彩盖罐，轰动了京城，于是这天字村便小有了名气。

村里有一个在吏部当差的小官，也就是那种熬白了头也是八品九品的人物。因为他没有功名，在这个只重功名不重才能的世界上，注定了他没有升迁的机会，也就是说，大富大贵与他没有了缘分。不过，没有官运却有桃花运。他在京城里妓女最集中档次最高的韩家胡同，找了一个红粉知己。注意，这是一个红粉知己，红粉与红颜虽然一字之差，在世俗的眼里可有千差万别呢。妓女中出色的人物叫红粉，例如北宋的李师师，明朝末年的陈圆圆、李香君、柳如是、董小宛此类的便是。红颜呢，祝英台、崔莺莺一类女人，出身名门，大家闺秀，花园幽会，月夜私情，所谓的良家妇女也。也合该这个小吏命里有凶兆。出事那天是九月初九，小宅院来了不少贺喜的客人，祝贺他新添了个儿子。五六个厨子从早上忙到夜半，流水般的筵席也从中午吃到夜深。几顶轿子歇在花厅前的空地上，已有人先躲在轿中，等客人走掉了，夜已经深了。那小吏走到轿子前，奇怪地察看，怎么还有空轿孤零零地挨着冷风？不料，轿里两个蒙面的汉子冲出来迎面一刀，将小吏抵挡的右臂砍断，复一刀将他砍死在地上。那几个厨子吓得面无人色，缩在案板下索索发抖，眼睁睁看着汉子们将小吏如花如玉的小娘子像捆粽子一样绑住，扔进了轿洞里。奶妈抱着褴褛里的婴儿也一样推进了轿子。只见那些杀人劫色又劫财的强盗，堂而皇之地扛起两顶轿子，踏着暗夜月色绝尘而去。

案子花了两个多月，终于破了。说出来令人难以置信。这是一桩兄弟串通谋财害命的案子。原来，那小娘子的两个弟弟是个脱底棺材式的赌棍，借了钱不出两个时辰，便会在赌桌上大显身手，赢少输多。过去，姐姐在妓院里营生，每天多少接济几两银子作赌本。姐姐从良了，便没有银子给他们烂赌了，姐夫又是个不入品的穷吏，起初还念着舅爷之情，给个三五两碎银子打发一下，时间长了，姐夫就没有好脸子给他们看了。于是，他们就串通江湖上强盗，把姐夫给杀了。约定，将其姐姐卖给百里外的承德妓院里去，将婴儿也低价卖了，赚得的银子五五分成。可怜那婴儿哭声惹怒了强盗，在路上就被扔在了荒野冻死了，那奶妈也被强盗奸杀了。一时，便成了一桩无头公案。上天有眼，那强盗卖了小娘子，得了三百两银子，竟然逃之夭夭。两兄弟无奈之中，便上官府告发强盗。翁同龢接手审理此案，因派人往宛平、承德侦查，无奈强盗已逃往塞外，一时无法捉其归案，便报请刑部，将兄弟两人判处死刑。那小娘子见夫丧子亡，也吞金自尽。

经过无数宦海风波，翁同龢在26岁那年考取了状元，43岁那年又调任刑部右侍郎。

到了清代同治年间，浙江余杭县也出了件惊天动地的谋杀亲夫的逆伦大案，其中的女主角便是美貌清秀的小家碧玉小白菜。最先报道此案的便是上海的《申报》。翁同龢从京城的邸报上得知杨案情节复杂，又从《申报》得知舆论的多变。

《申报》创刊于同治十一年三月二十三日（1872年4月30日），由当时在上海的英国商人美查等人集资创办，聘请一批中国名流作主笔。《申报》在中国报刊史上的业绩有口皆碑，它第一个改变只重文章不重社会新闻的传统观念，在外埠设立特约通讯员，先后于北京、南京、苏州、杭州、武昌、汉口、宁波、扬州等26个省和城市设立报纸分销处和外勤记者，扩大了新闻报道面。

杨乃武一介书生，中式乡试第九十七名，他虽不是知名人士，但牵涉到谋杀亲夫的人命,自然也成了新闻人物。案子起始于同治十二年十月初七日,这一天,浙江余杭县仓前镇豆腐铺帮工葛品连久患流火,回家后又染痧症,不治身死。其妻毕秀姑,因穿白衣绿裙,人称"小白菜"。葛毕夫妻两人曾经租赁杨乃武家老屋居住,后来因故迁居。因为毕秀姑人长得俏丽,结婚才一年多,丈夫就突然病死,婆婆葛喻氏就怀疑她与杨乃武有私情,就请人写了状子递进余杭县衙告状。从此,一桩曲折离奇惨绝人寰的冤案揭开了序幕。

旧时代的牢狱草菅人命暗无天日,小民百姓若被告官,不死也闹个倾家荡产骨折肉裂。随着这一案子审理过程的种种隐曲,《申报》密切注视案件的每个环节。例如:证人钱坦的死亡,县官儿子的逃匿,杨乃武与小白菜的诬供与翻供,叶杨氏上京控诉,巡抚与知府的幕后交易等,无一不披露于报端,引起朝野震惊士林轰动。翁同龢读到的《申报》刊登杨案的第一篇新闻是"记禹航某生因奸谋命细情",发表于同治十二年十一月十八日。这时的《申报》尚属开创期,不是日报,为二日刊,发行量也不大。就新闻的质量而言,仍沿袭文人惯用的皮里阳秋的手法,隐去地名姓名,文字转变抹角。这篇新闻估计是在杭州的特约通讯员所写,当时《申报》在杭州聘请了几个在衙门工作的官吏作访事,定期向报纸供稿。据包天笑《钏影楼回忆录》记载,他在苏州能看到当天的《申报》,当时送报既不靠邮局也无铁路,由报纸代销处雇用壮年水手隔夜摇了小划子船去上海取报,早晨摇回苏州,到苏州约莫下午四点光景,再由这水手分头送报。所以,《申报》能较早地与读者见面,在时效上也已体现现代新闻快捷的特点。

杨案从十月十二日在余杭县发作,到二十日,全案人犯已被秘密解送到杭州府审理,杨乃武与毕秀姑都已在酷刑下招供了。案件的内容在杭州城传得沸沸扬扬,一般的士绅都怒斥杨乃武"为美色所动,自坠深渊",故《申报》也把它作为一桩普通的社会新闻报道，既不深究其中奥秘，也不细察事实。它不负责任地说："邻有卖浆之妻，小家碧玉，凤韵天然，生（指杨乃武）窃好之，时肆调谑，眼波眉语，相视莫逆，乘间密约，订以中宵。"可以这么说，杨毕五木之下的乱供，白纸黑字指印画押，已经造成了舆论的错觉。衙门的口供加上坊间流言，是《申报》的主要新闻来源。铁案定于上而黑狱沉于下的内中隐情，除了主审官及案犯本人，有谁能知晓？

到次年三月十三日，《申报》分别以《讲述禹航某生因奸谋命事案情》《禹航生狱中自毙》《禹航生并非监毙》《杭州来信》等新闻，详述杨乃武与小白菜身陷黑牢的种种情状，大概消息来源偏重于衙门一脉，撰稿者又出自一人之手，这几篇跟踪报道并无新鲜内容。《申报》大概有其隐衷，仍然把案件的发生地余杭县隐为"禹航"，把杨乃武称作"某生"，把小白菜称作"淫妇"，把余杭县令刘锡彤称作"邑尊刘公"。不过，从第一篇新闻到第五篇新闻的发出，其间已隔了五个月。杨案经过县、府、省三级审理，疑点颇多，外间怨声也时有所闻。《申报》也隐隐感到，此官司虽已定为铁案，但酷刑之下何求不得？背后更有重要黑幕尚待揭开。当然，《申报》这时也搞了个故弄玄虚的花招，明明是杨乃武在狱中被大杖击打千百下昏死了，却写成"狱中自毙"。而第二天它又发出更正消息："禹航生并非监毙。"这样做，一则为了吸引读者阅读报纸，二则埋下伏笔，为更深入详尽的报道投石问路。

果然，杭州来信传出惊人的消息，杨乃武的姐姐杨菊贞和杨乃武妻子自筹盘缠上京控告。沉沉乌云中泄露一丝反抗的阳光。按清朝惯例，女人不能递呈告状，一定要有男人作"抱告"，故由杨乃武的舅父姚士法陪同她们进京。状纸是杨乃武在狱中亲笔写成，他是清楚诉讼关节的，抓住严刑逼供屈打成招的冤情，洋洋洒洒写了四千余字。姚士法背着杨乃武两岁的幼子，两个女人身背黄榜，怀揣卖掉十二亩桑田所得的400两银子，历尽千辛万苦，凄凄惨惨走到了北京。

状子九月二十日递进都察衙门，御史广寿审问了姚士法，并根据口供写了一个500字的折子呈上，但并无下文。这个折子刊于十月初八日的《京报》，《申报》立即转载，而且还在十月二十九、三十日连载了杨乃武告御状的全文。这里，就体现了《申报》具有较敏感的新闻嗅觉和敢于发难的勇气。

朝廷邸报只是在"都察院奏阅请旨"一折中含糊地提起杨家的御状，不敢也不能刊出这份状纸，而《申报》的访员却从杨家得到了底稿，在报上全文刊出，让受冤者的心声大白于天下，把残虐无道的官场黑幕撕开一只角。如果说，《申报》最初的报道是作为猎奇作为奇闻来对待的，它是把受害者的供词作为餐桌上的笑料来传播的，那么，从刊登杨乃武四千字的冤状开始，它就开始转向客观公正的立场，从披露内幕着手，让统治者和小人物同时登台亮相，豺狼虎豹吞没驯顺羊羔的恐怖场面呈现于读者面前。

在刊登御状的同时，《申报》还写了一段煽动性的文字，名曰"本馆附识"，也就是今天报纸上常见的"编者按语"。当时杨案尚属浙江巡抚裁定的铁案，连刑部、都察院也不敢随便否定，"本馆附识"已提纲挈领指出全案的症结所在："人命至重而草菅之，士人可杀而污辱之，吾不知为亲民之官者，亦尝清夜一反思之否耶？私仇不胜报，公论不可逃，即使昭雪无期，典刑立正，彼阎罗老子，将亦漫无黑白耶？"这段话说得多么沉痛；假如你阳世的官吏杀了一个无辜的人，那阴间的阎王难道也分不清黑白吗？

在杨案旷日持久的审理过程中，晚清两个著名的历史人物粉墨登场了。一个是浙江籍京官翰林院编修夏同善，他即将调至南书房，充日讲起居注官，专为两宫太后讲课；一个是当时任刑部右侍郎后调任光绪帝师傅的常熟人翁同龢，夏同善与翁同龢都是咸丰六年进士，交谊很深。夏在丁忧期间回浙江仁和老家守孝，起复回京时路过杭州，大富商胡雪岩在西湖楼外楼菜馆为他饯行。胡雪岩的西席叫吴以同，与杨乃武同榜举人，他在席间和夏同善谈起杨案的冤屈内情，夏记在心里，答应回京后相机进言。在南书房值日时，夏同善把这件事告诉了翁同龢。翁同龢花了一个星期查阅了刑部档案，签出杨案的几处疑点，指示正在刑部任郎中的侄子翁曾桂认真审理。此时刑部按省分设十八清吏司，翁曾桂任浙江司郎中。（后因审理杨案有功升迁为刑部侍郎）

《大清律例》第二百一十二条规定："奸夫起意杀死亲夫，奸夫拟斩立决。妻因奸同谋杀死亲夫者，凌迟处死。"作为逆伦大案，必定要经过刑部复审后方在秋后处决。但一般来说，刑部总是屈从于地方官吏的意旨，被判死刑的犯人绝少有生还的希望。当时，杨菊贞在北京利用同乡的关系，遍叩浙江在京官员共三十余人，求得他们的同情支持。这些官员也酝酿联名向都察院递呈，抗议浙江巡抚将错就错枉杀无辜。

好戏开场了，黑幕暂时掀开一只角。读者可以借助报纸的亮光，窥视登场人物的各色脸谱。在这样的情况下，《申报》用"表奇冤"的方式，于同治十三年十一月二日发表新闻述评《论余杭县案》，公然指责父母官"放胆肆私以枉例害民，逞机嫁罪于无辜之绅士以图报私仇。"这里的所谓公报私仇有两点：1. 余杭知县刘锡彤之子刘子翰曾强奸毕秀姑，他怕丑事暴露，定要把毕秀姑置于死地；2. 杨乃武曾为重租盘剥下的粮户说话，抗拒知县滥索钱粮，刘锡彤对此怀恨在心。

《申报》还连续登出《杨氏案略》《续述杨氏案略》《审案传闻》《审余杭案续闻》等八篇详细报道，提出了杨案冤屈的七点根据，其中最重要的一点是全案的关键，即投毒的砒霜是从哪里来的？据爱仁堂药铺店主钱宝生供称，杨乃武十月初三去店里买砒霜，而毕秀姑供称是十月初五日傍晚从杨乃武手里接过砒霜的。但是，有人证明，十月初三日，杨乃武在杭州参加乡试回来后乘轿去了南乡岳母家，到十月初六才返回余杭家中。人不在余杭，岂有买砒送砒一说？

自从刑部驳回重审之后，浙江方面审理杨案的官吏像走马灯似的调换。也就在此时，新旧皇帝开始交替，同治于该年十二月初八死去，慈禧选中光绪为帝。最高统治者忙于安放中央权码，尚来不及清除地方异己。趁此机会，浙江巡抚杨昌浚仗着自己是左宗棠的红人，专横跋扈，固执己见，威胁承担重审责任的浙江学政胡端澜说："此案无偏无枉，不宜轻率变动。"当夜，在浙江水利厅衙门内，一场残酷的逼供又开始了。公堂上，杨乃武估计北京告状已有眉目，全部推翻以前的供词，并要求与爱仁堂店主钱宝生对质。但胡端澜根本不让杨乃武辩白，反而斥责他狡辩。喝令差役大刑伺候，日夜熬审，种种刑具都使用了。最后一堂，杨乃武两腿均被夹折，毕秀姑更是凄惨，十只手指被夹脱，钢丝穿入乳头，昏死数十次。两人押回牢房时气息奄奄，神志模糊。杨乃武在狱中作联自挽云："举人变犯人，斯文扫地。学台充刑台，乃武归天。"一面是舆论大哗，一面是倒行逆施，更加激起江浙京官愤慨。在此案情僵持阶段，《申报》开始以署名文章发布消息，先后刊出鹫峰老樵的"天道可畏"和湖上散人"杨氏案略"两文，揭露胡端澜重刑逼供的狰狞面目。《申报》在杨案反复发作的关键时刻，起到了暗示世人的警醒作用：刑部已经签出杨案的疑点，都察院御史边宝泉已上书弹劾，在这样的情况下，浙江巡抚仍然固执己见将错就错，居心何在？事实上，杨案并非泰山不可移，死刑判决并非不可更改。京官与地方官的矛盾已到了水火不相容的地步。如何打破双方各执一词的僵局呢？唯一的办法就是把杨案一干人犯全部交由刑部重审，这是大动干戈的做法，也是釜底抽薪之举。朝着这一步走，就宣告了一大批原承审官的失职，几十顶红顶子在摇摇欲坠了。

光绪二年二月中旬，杨案一干人犯正式解送北京审理。杨案能否昭雪，官司进展如何，世人的目光密切注视着这一动态。

光绪二年三月二日，《申报》发了一则简短的消息，题目为《杨案人犯解京》，透露了讯息：余杭药店钱宝生已死，不能到京作人证对质。杨案人犯分作三起押送到北京，头起为毕秀姑，派伴婆两名同往；第二起为杨家邻居王心培及杨氏抱告姚士法及杨姐杨妻若干人；杨乃武是第三起重要人犯，因为他刑伤极重，两腿骨折，延请余杭名医敷上金疮伤药，直到二月二十日才启程。刑部和军机处也算给予余杭知县刘锡彤面子，不作犯人押解，让他"亲供咨送"，随同押解犯人的官船一起上京。当然，最重要的一件物证，已经埋入地下三年零八个月的葛品连的棺材，也同船前往，每到一个州县，棺材上都要加贴一张封条，两个差人睡在棺材旁吃在棺材旁，日夜看守不敢松懈。传说棺材内的尸骨已经调换过，其实是不正确的，因为刑部八个第一流的仵作在北京当场验定，五十六个州县的封条张张都在，没有作假。官船在路上走得不太平，因为天津教案刚发生不久，船只常有耽搁，三起人犯前后走了一个多月，才到北京。

杨案开棺验尸，刑部决定由翁同龢的侄子翁曾桂主持。数日后的一天傍晚，北京南横胡同翁家宅院响起一阵急促的门铃。翁曾桂面带惶色地进了门。两人进了内书房，翁曾桂便说："叔父大人，开棺的事有点不妙，那班与杨巡抚交好的大臣白天到刑部发话，反对开棺验尸。"

翁同龢的心一阵紧缩，但仍坚定地说："朝廷谕令刑部全权办理此案，你用不着害怕，放心去做。此案若天下大白，便在此番开棺。你们定在什么时候？"

"十二月初九。"

"好。那天我一定到。"翁同龢和颜悦色的支持，壮了翁曾桂的胆气。虽然叔父接手杨案仅一个月，便又从刑部升调至户部作尚书，仍时刻关切杨案的一举一动。

初九那天,夜来一场大雪,朝阳门外田野阡陌都变白了。属于宛平县地面的海慧寺,天寒地冻也挡不住香客与看客。上午十点模样,雪停了,天放晴了,步军统领衙门派出的兵丁,把寺庙内外围得紧紧的。刑部各位堂官乘着绿呢后档车陆续来了。翁同龢翁曾桂叔侄早就来到大殿偏厢,静候时辰。司官八人,仵作二人,差役十余人,分列于大殿左右。

公堂设在大雄宝殿关的平台上,香烟缭绕,铺着黄缎罩缦的长桌,翁同龢与刑部诸官并坐。葛品连的棺木抬到了殿前的空地,百余双眼睛盯着被横七竖八的封条包裹的棺材。可以看出,棺木入土数年,四角已腐朽。一声开棺的命令从翁曾桂口中发出,仵作秦德山领四个差役手挥斧钎,撬开了棺盖。八十岁的老仵作是翁曾桂特地重金聘来的,只见他在徒弟的簇拥下,布满青筋的手捏了根银针,十分准确地插入死者喉间。老仵作轻轻捻动银针,缓缓抽出,用皂角水洗净。如此反复多次,银针上并不显示黑色,他又取铜盘一个,用榔头敲下一块黑色的囟门骨,对日细看,便报告翁曾桂说:"凡服毒者,囟门骨必定里外皆黑色。而这块骨头,外面受潮霉变发黑,内里却莹白。我可以断定,此人是病死的。"

一言既出,满场哗然。翁同龢镇静地问:"你在刑部当差六十余年,我相信你的眼力,你愿意在验尸格上画押吗?"

老仵作毫不迟疑地画押,翁曾桂如释重负。

开棺验尸也吸引了当时在北京的唯一一位法国记者。他在一篇发往欧洲本土的通讯中说:"大殿边的小屋子,木笼里关着两个穿红色囚衣的犯人,一个是杨乃武,一个是毕秀姑。"开棺时,记者一边跑到棺材边看验尸,一边又走到木笼边对杨乃武说:"无毒、无毒。"据说,当时外国报纸是以"中国奇案,寺内开棺"作标题,刊载此消息的。

验尸后，案情大白，刑部承审官员已当场确认，葛品连是病死，并不是毒死。照理说，杨乃武平反昭雪是十拿九稳的，其实不然，官场的劣根性就在此，面子比人命更重要，无辜者的血历来作为粉饰太平的胭脂。假若杨案一昭雪，县、府、臬、藩、抚一大批官员将受到处分，作为最高统治者的慈禧太后不得不作一番郑重考虑。

在海慧寺开棺验尸前，《申报》的报道有过一段曲折波澜。大概《申报》要标榜其不偏不倚的公正态度，立论不一边倒，就来了个"立此存照"的做法，登载了一篇署名为"武林生"的《告白》。所谓"武林生"当然是化名。武林者，杭州之别称。这篇《告白》洋洋二千余字，信口雌黄，颠倒黑白，把个杨乃武骂了个狗血喷头，斥其为"士林败类"。当时有人说，这篇奇文是余杭知县刘锡彤所作，刘花了一笔重金买通了《申报》负责广告经营的人，以广告的形式刊载。也有的说，这是《申报》引起公众注意力的一种手法，故意唆使杭州的刀笔师爷写反面文章。这后一种说法也有一定的道理。因为武林生的《告白》刊于光绪二年四月二十九日，而驳斥武林生观点的文章刊于五月二日的《申报》显著位置，如果不是有预谋组织人写文章，能有这样快捷的宣传效果吗？在《申报》之前，论及欧美各国的报纸，一个作者写出断然相反观点的两类文章刊于同一报纸，这种手法并不鲜见。其目的，主要为了吸引公众对某一事物的浓烈兴趣，扩大报纸的知名度和销路。

但是，我们只是推测《申报》有这种可能，并不排除刘锡彤重金买通的另一种可能。因为，从武林生《告白》的内容来看，其言词是十分凶险恶毒的，通篇设立陷阱，必欲置杨乃武、毕秀姑死地而后快。对于杨乃武是否投毒，来个"事出有因查无实据"的狡辩，把无辜者的血再一次涂抹在红顶子上。当然，人身攻击揭露阴私，是《告白》最拿手的杀人伎俩，文中说："……杨乃武三世讼师，曾踢毙有孕之妻,又因奸强娶妻妹于父丧百日之中,穷凶极恶,最为叵测。"

如此无中生有的诬陷,极像出自刘锡彤这个73岁的老讼师之手。因为刘在任知县前,也是一个熟透官场关节善于刀笔杀人的狡吏。《告白》的猖猖狂言,理所当然遭到公正舆论的反驳。署名为"海昌小蓬莱主"的文章《驳武林生告白》指出:……杨乃武果真通奸谋害,则无辜之人证,必不肯甘为拖延,代其粉饰。武林生意狠如切骨,指为疯狗,岂此案翻与不翻,与武林生大有关系耶?"这句反问句说中了武林生的要害,因为杨案翻与不翻之利害关系,主要涉及大大小小的害人官吏的实际利益。假如武林生就是刘锡彤的话,杨案翻转来,他就削职罢官;杨案维持原判,他能逍遥法外。切肤之恨,唯有刘锡彤最甚。

对付诬陷的最好办法,是用事实来说话。光绪三年二月二十二日《申报》有一篇标题为"刑部审余杭案后"的消息,详细描述开棺验尸的情景。当仵作重新验过葛品连尸首,一致确认不是中毒而亡时,寺庙中的观者欢呼雷动,大叫"青天有眼"。刘锡彤此时却神色慌张,跪在提审厅前喊救命,并连连叩头告饶。这个时候,杨乃武的妻子杨詹氏愤怒至极,亲手拿着快刀要刺向跪地告饶的刘锡彤,幸被旁人劝阻。杨詹氏边痛哭边大声诉说:"有人说我丈夫踢死前妻,我就是前妻的妹妹。假如他真的踢死我的姐姐,我的母亲还活着,她会肯再把我嫁给杨乃武?"这气愤之语,言之凿凿,博得众人同情,令刘锡彤低首无语。

杨案最终平反,两朝帝师翁同龢功不可没。浙江巡抚杨昌浚被革职,光绪四年又起用,担任闽浙总督,因为他毕竟是晚清四廷柱之一左宗棠的红人。刘锡彤充军死于途中,也是罪有应得。其他官员也只是受到革职杖责的处分。最苦的是杨乃武和毕秀姑,打了三年官司倾家荡产。杨乃武仍然被革除举人功名,没有得到一丝一毫赔偿。小白菜毕秀姑还受到杖八十的处分，拖着刑伤之躯，凄凄惨惨返回余杭。杨乃武全家返回家乡的路费，还是靠了杭州胡庆余堂药房大老板胡雪岩的资助，否则真要客死他乡变为游魂野鬼了。

凤仙奇缘
——读史札记之三

《许姬传七十年回忆录》中记述了这样一件事：1951年，梅兰芳剧团到沈阳演出，交际处派人送来了一封信，词意幼稚，错别字不少，引起了收信人的注意。信是这样写的："梅兰芳同志：闻已来沈，不胜心快。今持函拜访。在三十四年前，与北京观音寺（名字记不住了）由徐省长聚餐一晤，回忆不胜感慨之全。光阴如箭，转瞬之间，数载之久，离别之情，难以言述。兹为打听家侄张鸣福，原与李万春学徒，现已多年不见，甚为怀念。

"梅同志：寓北京很久，如知其通信地址，望在百忙中公余之暇，来信一告。我现在东北统计局出版部张建中处做保姆工作，如不弃时，赐晤一谈，是为至盼。此致敬礼。

"原在北京陕西巷住，张氏（小凤仙）现改名张洗非。来信通讯处：南市区，大西区德景胡同廿一号本振海转交张洗非。"

引起梅兰芳注意的是署名"小凤仙"的这个人，究竟是何许人也？她所说的三十四年前，即1917年，由徐省长请客的宴席上见到梅兰芳，是否确有其事？难道在民国初年便轰动北京城的名妓小凤仙，再次浮出水面，又会演义怎样的故事新编呢？中国的近代历史，向来扑朔迷离云遮雾锁，一番苍凉一番炎阳，忽喜南冠出楚囚，又见东风笑白头。幸好，还留得一二个当事人说本相作见证，否则，这历史就真个是混沌一片糊涂一世了。当时，梅兰芳读完此信，也有点疑惑了，毕竟是三十四年前的往事，仅凭吃过一顿饭，便要牢记一个人，也难。经过仔细思量，梅兰芳才想起，有这么回事，与小凤仙吃饭的地方是北京观音寺街"福兴居"，这是一个有名的山东饭馆。

于是，写了一封回信，约小凤仙到交际处，作了一次谈话，梅兰芳与许姬传都在场。据小凤仙说，她的父亲姓朱，母亲是偏房。大老婆赶走小老婆，她便与母亲离开朱家单过日子。母亲死了，小凤仙由张奶妈抚养，改姓张。1911年，张奶妈在浙江抚台曾子固将军家帮佣，革命军炮轰曾府，奶妈带她逃到上海，把她抵押给胡老板学唱戏。她学成后便在南京卖唱为生。十三岁那年，辫帅张勋攻打南京，她便跟着胡老板逃回上海。以后又被卖到北京城里的陕西巷云吉班卖唱作生意，并在那里认识了蔡锷将军。也就在那个时候，蔡锷花了一大笔钱，为小凤仙还清了张奶妈欠胡老板的高利贷，小凤仙有了自由身。

这是中华人民共和国成立后第一次由名人参与的了解昔日名妓身世的实录。它不同于三十年代由北京大学教授刘半农采访名妓赛金花那样张扬四播。赛金花是状元夫人，又是老于世故并经历过纸醉金迷场面的妓女兼鸨妇，她与小报记者周旋，难免不胡言乱语。就是在接受刘半农采访的时候，她也轻松地使展编造事实杜撰见闻的伎俩。

小凤仙没有赛金花那样幸运，一直到老仍受新闻媒体追捧。她在蔡锷病逝之后，便销声匿迹于平民烟尘之中，再也没有引动世人注意，直到1951年因私事寻见梅兰芳。而《许姬传七十年回忆录》是1985年出版，又隔了三十四年，才将小凤仙寻访梅先生一事披露给世人，也算对民国史的一点补白罢。

不过，最早对小凤仙的身世作披露，是有"江山为重美人轻"之说的曾孟朴。他在1935年的上海对外甥吴琴一说过这样一段话："我一生花钱无数，有两件值得一提的快事。其中一次，我于无意之中花了八十两银子买了一个婢女（指小凤仙），谁想到这小丫头竟会间接推翻洪宪皇帝袁世凯！……"吴琴一在"醇酒妇人金蝉脱壳"一文中是这样描述此事的前因后果的：民国初年的北京宣武门外城南，陕西巷和韩家潭是当年妓女集中的里巷。北方人称作此处为"窑子"，一到夜晚，月上柳梢，暗影阑珊，红灯高挂，艳帜方张。"清吟小班""云吉班"等名动京城的妓院便在此招揽生意，九城通衢，车水马龙，衣锦男女，烟弥歌音。在世俗特有的吴侬软语温情蜜意的气氛中，也有革命党人潜伏其中作韬晦之计。蔡锷此时奉袁世凯调令入京，但他心怀异志，便要借醇酒妇人来迷惑袁慰亭，以便使展金蝉脱壳之计。袁世凯表面上对蔡将军优待得很，任命他为全国经界局督办，要钱有钱要人有人，风光显赫，暗地里却在蔡的寓所附近密布侦探，跟踪他的一举一动。蔡索性搬了被服住在"云吉班"小凤仙的妆阁内，与小凤仙的妈妈谈论嫁娶大事来了。一时间，蔡锷留恋名妓美色，准备量珠纳宠的传言，便成了北京大小报纸的头条新闻了。

从小凤仙的视角来看，她是搞不清政治舞台上这种走马灯式的变动。她不懂政治，也不屑去搞清这种丑恶的嘴脸，她甚至认为皇帝和总统只是名称的不同而已，换汤不换药。至多像妓院里不断变换的嫖客，面孔俊丑不同，心情脾气不同，但玩弄女人的目的是相同的。所以，她对蔡锷急吼吼与夫人闹离婚，又急吼吼要纳她为妾，是有点不满的。因为，一个久经风月声色的年轻女人，要脱离妓籍，必定得找一个牢靠的男人，像这样被人作挡箭牌使，实在太危险了。于是，她在牌桌上摊牌了。她的态度很鲜明，她是反对这项买卖的。因为她认为，一个弱女子的血肉之躯是阻挡不了袁世凯的屠刀，她只有明媒正娶这条阳关大道。于是，她对蔡锷说："落花有主，嫁娶大事，只有常熟曾某才肯委身。"话挑明白了，我小凤仙要嫁，也不能嫁给你蔡松坡，只能嫁给常熟曾公子。这曾公子是谁呢？他便是写小说《孽海花》的曾孟朴。民国三年（1914年），曾朴因江苏省公债一事，恰巧到京。蔡锷交游虽广，但在北京只认识一个常熟人，那就是两朝帝师翁同龢的孙子翁振伯。翁振伯与蔡锷是日本士官学校的同学，当时在陆军部任军械司长。慷慨好客的翁振伯便介绍蔡锷与曾朴见面，地点定在北京西堂子胡同刘季平家里。刘季平是曾朴的换帖兄弟，曾朴到北京，总是住在刘家。刘季平讲究美食精馔，又兼琴棋书画无所不能，深得曾朴欢心。

万籁俱寂的夏夜，刘宅凉爽的院子里摆了一张圆桌，斜月银钩，电炬如雪，嘉宾同乡，觥筹交错。席间，有白发萧萧的陆凤石，他是清朝二百多年苏州府最后一名状元，虽已儿孙满堂，可作老莱子娱亲之态，但仍被袁世凯奉为清室太傅上宾。还有两个是袁世凯政府的一等红司员，一是总统府机要局长、苏州人张仲仁，一是袁世凯为复帝制而新任命的肃政司费仲深。酒至半酣，曾朴和蔡锷移樽别室，两人畅谈衷曲。蔡锷请曾朴说服小凤仙，让她同意嫁给他，并保证善待小凤仙的后半辈子。曾朴阅人无数，当然心里明白蔡锷并非为情所困，恐有图谋大计。但在这缇骑四面的北京城，谁能明察秋毫其中政党奥妙呢？只能是硬着头皮吃萤火虫，心知肚明。曾朴微微一笑，向蔡锷细细道明小凤仙的身世。早在1910年，曾朴应聘做了两江总督端方的幕府，又捐纳了一个候补知府，分发浙江省任杭州任官地局总办。他在杭州、宁波住了两年有余，一直至1912年宣统皇帝被赶下台才回到上海。住在杭州时，曾朴的姨太太张彩鸾怀孕在身，急需要一个服侍她的婢女。正恰曾朴在杭州城涌金门下看到一个老妈子在卖一个小姑娘，便上前打听细故。原来，小丫头的父亲是一个满洲八旗驻防军官，有两房太太，她是二太太所生。父亲一死，身后萧条，母亲改嫁，大母便将她插了草标出卖。曾朴看着她楚楚动人又可怜无助的模样，便教张彩鸾花了八十两银子买了下来，重新为她取名"小凤"。当时小凤才十四岁，进了曾家一年多，便从一个蓬头垢面的灶下婢，长成一个水灵灵白净净的大姑娘。她十分感激曾朴给了她新生活，使她识字知礼，见识了交际场上的许多大市面。少女多情，名士风流，晨昏相合，情意绵绵。终于，曾朴在张彩鸾生孩子坐月子的那个时期，开了"坐怀不乱"的色戒，与小凤发生了男女私情。一个不是柳下惠，才情胜过柳君多多许；一个不是妙玉体，如水柔情无声胜有声。那张彩鸾毕竟也是风月场中的人精，瞧出了风流男女一眸一笑的秋波暗递，便大闹了一场，扬言要再一次卖掉小凤。于是，曾朴有意要送小凤进上海的女子学校，让她走一条新路。合该小凤孽海风波未有了断，恰巧张彩鸾的鸨母此时到杭州灵隐寺进香。这张彩鸾原本是上海四马路清和坊"楣莲小榭"的雏妓，是曾朴为其赎身的。张彩鸾便密嘱鸨母将小凤带到上海妓院，表面上是让小凤去上海读书。曾朴因公务缠身，不辨其伪，竟生生地在眼皮底下放过了此事。后来，小凤辗转到了北京，改称小凤仙，不数年，便在花丛中出了名，成了京城里一等一的红倌人。

　　蔡锷听了曾朴的介绍，一点也不介意小凤仙的过去，仍坚持要曾朴玉成此事。曾朴明白蔡锷醉翁之意不在酒，在于反袁复国大事。便一口答应说服小凤仙，促成此番因缘。几个月后，袁世凯密使梁启超、杨度等人组成筹安会倡议帝制，蔡锷一方面在将军府领着一帮同僚上表劝袁世凯当皇帝，一方面与小凤仙成双作对作情侣状，让袁世凯的侦缉队放松了警觉。很快，一个热闹的夜晚花好月圆,"云吉班"小姐妹有人过生日,许多嫖客衣冠楚楚上门捧场,蔡锷趁这乱哄哄的当口,便和小凤仙出了妓院门,雇了辆马车直奔前门火车站。于是,大英雄挥泪别凤,化装上了一辆东行的贵宾列车,从容下天津卫,进了日本租界,又转海道经河内,到昆明奉孙中山之令,当上了护国军总司令。昆明各路义军纷纷拥护蔡锷通电讨袁,全国上下响应,洪宪皇朝倾覆,袁世凯一命呜呼。

吴琴一对于曾朴与小凤仙的交往,毕竟是听来的故事。其中真假难辨,或者有真有假,不乏文人流言巧语的粉饰。不管如何,总有一点事实的影子在里边。况且,小凤仙的确是被蔡锷所利用,是政治斗争的牺牲品。在男性专权的社会制度下,像小凤仙这样的弱女子,没有曾朴这样的优秀文人为之作传,恐怕很难有出头的日子。曾朴说:"美人自古如名将,哪许人间见白头。"这话也许说得过分了,但人情浅薄世情淡漠的隐意,却也点穿了三分。

笔者手头珍藏着两份资料。一份是1936年曾孟朴先生逝世后,由上海文艺界名流印发的《曾公孟朴先生纪念特辑》,封面由陈陶遗先生题书,扉页《曾孟朴先生纪念特刊》由胡适敬题。这份特辑收有蔡元培、胡适、黄炎培、柳亚子等人的纪念文章。另一份是由曾氏家族印行的《讣》,其中收集大量哀文、祭文、挽联和各界名流的纪念文等。这本《讣》大约印刷于1936年秋,目前已极为少见,因为它是汇集成册分发给至亲好友的,数量极少。其中收有郁达夫、周瘦鹃、邵洵美等人写的纪念文,极有文学史料的价值。需要指出的是,纪念特辑中第一次正式公布了《曾孟朴先生年谱》,这份年谱是由曾朴长子曾虚白所撰,标明是未定稿。年谱中也是第一次向外界披露了曾朴与小凤仙与蔡锷将军的故事,它是这样说的:"1912年至1914年,这时候袁世凯被选总统,统一的野心日炽,因于1912年春在北京召集全国各省财政会议,想要先从统一财政着手。先生被派为江苏省的代表出席会议。在会议席上,先生侃侃陈辞,直斥冯国璋挟大批军队坐食于江苏的不当，力争江苏军事负担的减缩，袁世凯为之动容。先生留京时，与蔡松坡常相往还，而先生的得识蔡松坡，却还是小凤仙的介绍。这中间有一段逸事，很值得记载。小凤仙原本是杭州一个旗人姨太太的女儿。那旗人死了，姨太太不容于大妇，竟被赶了出来。那姨太太就带着一个老妈子扶养着小凤仙过苦日子。过了几年她也死了，就把这孤女托给了老妈子。老妈子领着小凤仙就住在先生杭寓的对门，过着的日子当然就越发难堪了。不知怎样，给先生看见了，就商诸老妈子，把这小姑娘领到自己家里，想好好把她抚养起来。不料那老妈子竟自居养母，屡次兴风作浪，缠绕不休。先生可怜小凤仙的境遇，因与她养母约每年贴她若干钱，叫她带着小凤仙到上海进学堂，不得让她坠落，老媪欣然承诺。不料民元时先生赴南京，在友人席间突遇小凤仙竟是袅袅婷婷的一个妓女了。先生痛心之余，赶到她的寓所把老妪痛责了一顿，可是人在她的掌握中，也是无可奈何了。这次北上参与财政会议，又在北京遇见了小凤仙，她已变成了红极一时的凤姑娘了，可是对于先生倒还有一些感恩知己的意思。蔡松坡那时正迷恋小凤仙到了极度，可是金屋之议，因小凤仙的不易就范，始终没有办法。蔡知先生跟小凤仙凤有渊源，因设法与先生交，以撮合的重任相托。卒经先生从中劝解，成立了这一段英雄美人的结合，也可说是千古佳话了。……"

曾虚白是曾朴的长子，他占有了关于父亲的大量第一手资料，对曾朴正直浪漫的一生，是有着至深至感的了解，应该说，年谱对于曾朴与小凤仙的记载，基本上是真实的。在大时代多变繁杂的背景中，曾朴与小凤仙是两朵擦身而过的瑰丽浪花，那袅袅婷婷的少女模样，明眸皓齿却永难相忘于江湖烟波了。这是人性中最为宝贵的情思与灵泉，否则，当曾朴亲眼看到自己所倾心护惜的小花陷入泥沼时，他不会赶到老妈子的寓所，将那个不知好歹只问钱财的丑妇痛责。有时候，庸俗的人生总是折损天才的光芒。老妈子心中只认白银子黑银子，她眼中只有小凤仙这棵摇钱树，就在蔡松坡作为嫖客来到"云吉班"寻欢时，她一双势利的眼睛也隐隐看出，蔡将军与别的嫖客不一样，来头大着呢，暗示多着呢，眼线长着呢。因而，她也希望小凤仙离开这种太正派的主子。于是，歪打正着，母女同心，送走了蔡将军。曲曲弯弯的历史和跌跌绊绊的人生，便是由女人的心思和男人的出走组成。

1916年11月8日，蔡锷在日本福冈医院因患白喉病逝，终年只有35岁，比三国时的大将军周瑜还要年轻。在北京中山公园举行的蔡锷追悼会上，悬挂着小凤仙送的两副挽联，特别的引人注目，各报纷纷登载。这两副对联典雅贴切大气淋漓，是小凤仙从北京打电报到南京，请曾朴撰写的。第一联曰："万里南天鹏翼，直上扶摇。那堪忧患余生，萍水因缘成一梦；几年北地胭脂，自悲沦落。赢得英雄知己，桃花颜色亦千秋。"第二联曰："不幸周郎竟短命；早知李靖是英雄。"

英雄走了，走得无奈而怔忪，佛语说，劝君莫去镌顽石，路上行人口似碑。小凤仙呢，总要嫁人，因为世情淡漠红颜易老，她还得生活下去。据说，她后来嫁了个山西籍的军官，在张学良东北军里当师长。不久，她又改嫁于一个工人，生活十分困顿。不然的话，她也不会转弯抹角去找梅兰芳先生了。三十四年前的名妓女，人老珠黄不值钱，而梅先生却越唱越红了。梅先生是一个念旧的人，他写了一封信，请小凤仙去找沈阳交际处的李处长，让小凤仙在机关学校里当了保健员。1951年，小凤仙51岁。而她在"云吉班"成为唱弹俱佳色艺双馨的第一流的红姑娘时，才15岁。沧桑变化好比翁郁的大树，谁能分得清其中的一枝一叶呢？叫一个15岁的姑娘担负扭转乾坤的大事，似乎有点残酷的不可思议，又要叫她沦落风尘卖身卖艺，还要叫她担惊受怕出卖灵魂，政治和卖身双双携手，这黑暗的社会就是这样无耻地践踏人意。

还是文学家有点良心，为小凤仙留下了千古传唱的诗句：桃花颜色亦千秋。这联句的出典也不是曾朴的新发明，它出自明末名妓柳如是的一句诗："桃花得气美人中。"

鸳梦风细
——读史札记之四

  常熟地处上海、苏州、无锡商业兼享乐城市的三角中心，田园的风光与软性的文化受到市民阶层所欢迎。所谓天地灵秀之气独钟于香闺佳话，所谓贤媛淑女名妓才人美丽温柔风流倜傥，种种令小市民饭后闲话齿颊留芳的新旧故事，构成鸳鸯蝴蝶派小说形式的框架。总体来说，该派小说暗示的艺术精神与当代政治并不合拍，它充溢着自我欣赏和自我陶醉。这种欣赏和陶醉，远离了所谓的国家和君主，是一种艺术的逍遥游，是一种挣脱束缚的红楼梦式的太虚幻境的空灵境界。

  综观 1910 年至 1926 年这个阶段，在北洋军阀统治的黑暗时期，暗杀、火并与战争的恐怖气氛笼罩全中国，逼得文艺暂且躲入香艳儒雅的象牙塔，否则作家在杀人如麻的武夫面前，真要被斩尽杀绝了。在这个时期，出现一群个体意识强烈、向往艺术自由、追求爱情永恒的作家，并且成为一种艺术流派的旗帜和中坚，这并不奇怪。这就是常熟籍作家徐枕亚、俞天愤和吴双热。他们三位于 20 世纪

20年代初长期在上海的报界和出版社工作，在当时的文艺界颇有影响。鲁迅先生就说过，徐枕亚的文言哀情小说《玉梨魂》风靡北京、上海，远达东南亚。其风靡的原因所在，便是对个体生命的张扬和浪漫性情的奔放。

徐枕亚，也名徐觉，和他的哥哥徐啸亚都是吴江柳亚子组织的南社社员。晚清末年，兄弟俩以诗文见长，在江左小有名气。徐枕亚才气横溢，又好贪杯中之物。饮得半醉，即挥笔吟诗。他诗文好，书法也美秀高妙，许廑文说他"婉婉如处女簪花"，海内人士能觅得他的墨宝，当作幸事。徐枕亚的《玉梨魂》于1912年在上海民权出版部印行，销量很大。这是一部以徐枕亚个人经历为线索的文言小说，基本上用骈文叙事，杂以诗词、书信，全书有三十章，约九万字。小说的男主角何梦霞和女作家白梨影是一对恋人。何去无锡某乡绅家当家庭教师，和这一家的年轻寡妇白梨影相爱。他们爱恋的书信就由何梦霞的学生也就是白梨影的儿子鹏郎传递。在封建礼教的重压下，寡妇不可能再嫁。何梦霞为此忧愁憔悴，梨影便介绍她的小姑筠倩与梦霞订婚。但何梦霞仍然暗恋着可望而不可得的梨影，而筠倩也因此郁郁寡欢而夭亡。最后，梨影也染上时疫病故，何梦霞含悲忍痛东渡日本学军事，辛亥革命时回国，在攻战武昌的厮杀中阵亡。因为徐枕亚曾在无锡西仓镇蔡姓的乡绅家担任教师，年轻寡妇也确有其人，所以小说写得十分哀怨动人，情节也曲折多变。从1912年出版后，吸引了不少读者，尤其是闺阁女郎，几乎人手一编，醉心于书中男女之恋。因此，徐枕亚还将自己的书斋命名为"枕霞阁""望鸿阁"等。据说，徐枕亚的继室刘氏，是清代最后一科状元刘春霖的女儿。刘氏寓居北京，在深闺中读得《玉梨魂》，极羡慕徐的文采，托人了解了徐的近况，得知他妻子病亡不久，就托父亲的朋友做媒，由徐娶为继室。徐枕亚做了状元公的女婿后，伉俪情深，红袖添香，创作情思喷涌不绝，既创办清华书局，又编

《小说丛报》，还用同一题材，写成《玉梨魂》的续本《雪鸿泪史》，销路竟然不亚于前书。但好景不长，徐枕亚的母亲是个古板凶暴的封建女人，经常虐待刘氏，再加上徐枕亚又常在上海工作，家中婆媳关系无法调和，刘氏不久就郁郁病死。从此，徐枕亚借酒浇愁，不再有写作兴趣了。1934年，上海民兴舞台排演《玉梨魂》，徐枕亚观后作了《情天劫后诗六首》，含泪咽悲，至为情深："不是著书空造孽，误人误己自疑猜，忽然再见如花影，泪眼双枯不敢开。我生常戴奈何天，死别悠悠已四年，毕竟殉情浑说谎，只今无以慰重泉。今朝都到眼前来，不会泉台会舞台。人世凄凉犹有我，可怜玉骨早成灰！一番惨剧又开场，痛忆当年合断肠，如听马嵬坡下鬼，一声声骂李三郎。电光一瞥可怜春，雾鬟风鬟幻似真，仔细认来犹仿佛，不知身是剧中人。旧境当前若叵寻，层层节节痛余心，梦圆一幕能如愿，我愧偷生直到今。"

概括徐枕亚的小说与出版生涯，起初投靠《民权报》，连载小说《玉梨魂》，成名后创办《小说丛报》《小说季报》和清华书局等。在创作《玉梨魂》《雪鸿泪史》之后，还有《余之妻》《双鬟记》《兰闺恨》《刻骨相思记》等作品问世。

关于《玉梨魂》的创作，徐枕亚有一篇答读者问，写于1914年。全文如下："辱书征《玉梨魂》全书，并嘱于报端披露，雅意殷拳，足征同调。奈此书并无成本，逐日发刊，草率成章。统计全书约有20余章，事迹甚长，且多离奇曲折，非七八万言，不能发挥罄尽。今方续登第八章，全书脱稿，尚需时两月余。

"三字品题，早贮胸中之竹；一枝秃管，迟开腕底之花。徐徐而来，源源不绝。枕亚文思迟钝，固不能一时急就。报纸界限分明，亦不能连篇登载。大凡小说家言，其动人者每令人不忍释手。已略得其端倪，便急欲窥其究竟。而作小说者，洞悉阅者之心理，往往故示以迷离徜况，施其狡狯伎俩，时留有余未尽之意，引人入胜，耐人寻思。如十三四好女儿，姗姗来迟，欲前仍却，不肯正邀以正面向人也。故作报章小说者，与阅报章小说者，其性之缓急，适成一反比例。无怪君之读《玉梨魂》而欲向枕亚征其全豹者也。枕亚不文，草此书时，仓促发稿，语多拉杂，方自愧有负欢迎本报者之盛意，拟俟全书登毕后，重加删校，另刊单行本，以遍饷我同志诸君。但此书出版，计时需在明年，君果爱阅之深，迫不及待，则即今逐日所登载者，吉光片羽，亦可自珍；断简零编，不难成籍。只需费一时裁剪之余工，便可得一种完全之善本。至其事之原委，第一章中，规模已具，明眼人自能辨之。

"尧夫诗曰：美酒饮当微醉后，好花看到半开时。窃谓阅小说者，亦当存如是想，常留余地，乃有后缘。日阅一页，恰到好处，此中玩索，自有趣味。山重水复，柳暗花明，惟因去路之不明，乃觉来境之可快。若得一书而终日伏案，手不停披，目不旁瞬，不数时已终卷，图穷而匕首见，大嚼之后，觉其无味，则置诸高阁，不复重拈，此煞风景之伧父耳，非能得小说之三昧者也。枕亚非小说家，率尔操觚，有渐画虎，辱承下问，敢罄所怀。作者固有所托，索者必非无心，倘若时赐教言，以匡不逮，则他山之石，可以攻玉，流水高山，知音不远，私心窃喜，无任欢迎。"

在这封信中，徐枕亚的文学观十分鲜明。他将小说的情节比作引人入胜的迷宫，好小说就是引导读者猜想并证实的过程。所谓山重水复疑无路，忽见郎君施施来。掌握了读者的心理，作者妙笔生花，移步作景，以暗示作恍惚的灯影，牵一团缠绵的红丝线，曲曲折折，寻寻觅觅，骗得闺阁小姐盈盈欲泪，湿透香帕。

海潮先生在1914年的《小说丛报》发表书评，对徐枕亚文学中男女恋爱之缠绵深情，大为称赞，他说，"昔人有言，最多情是无情，无情之情乃是真情，既真情矣而曰无情。因是落花无主，泡影皆空。愁红惨绿，相率溺于情死于情者，古往今来，奚啻恒河沙数？岂第一惨淡梨花，一绚烂辛夷，一青陵恨人云乎哉？

"夫梨影固淡于情，而筠倩亦别有情者也。梨影知礼义之大防，筠倩以不自由毋宁死，首虽不同，因遇而异。苟能循此宗旨，历久不渝，何至为情所厄，何至为情所厄而死！然而梨影不能也，筠倩亦不能也，于是乎梨影死矣，梨影死而筠倩亦死矣。

"彼梨影岂欲死耶？欲借筠倩以免其死，因而筠倩亦死。筠倩弥留之日记，犹耿耿以见一面为愿，于是乎梦霞亦死矣。梦霞虽死于梨影，而亦死于筠倩也。

"或谓梦霞不死于情而死于国者非也，或谓梦霞虽死于国而实死于情者亦非也。夫英雄也，儿女也，皆情也，纳须弥山于芥子，吾情固一以贯耳。谓梦霞之死死于情也可，谓梦霞之死死于国亦无不可。呜呼！情天茫茫，情海沉沉，前轸后遒，覆辙相寻，此太上之所以望情也。此我佛所欲以色相皆空度一切苦厄也。此《玉梨魂》所以风行一世也。悲夫！"

由于徐氏小说深受乡村闺阁小姐和上海摩登女郎的欢迎，爱书及人，爱意爱生，有许多求爱信鸿雁传书飞至《民权报》编辑部。于是，由许廑父于1922年在《小说日报》上特为介绍徐氏兄弟，以慰广大兰蕙香花之求问。"虞山徐氏昆仲天啸枕亚，以诗文名大江南北，尤工书法。天啸书如天马行空，不可捉摸；枕亚书则秀美而文，婉婉如处女簪花。书体不同，而各尽其妙。海内人士得其寸纸尺幅，视同环宝。而天啸则兼治金石之学，铁笔苍劲而朴茂，尤见珍于世。方辛壬之交，中国革命期内，昆仲同时入民权报社主笔政，枕亚专力于说部之文，欲以稗言为易俗之利器；天啸则著为社说及评论，所以振聋发聩，启迪人心者，其有功于社会国家之改造，咸非浅鲜云。而民权报遭袁氏摧残，诸同志皆风流云散，枕亚乃创月刊曰小说丛报者，自主其事，而天啸及众文人助之，销数大盛。方是时，世之言小说者必于丛报，盖自中国有小说杂志以还，商务书馆之小说月报实为之创,而丛报列之第二,后起者虽众,无能抗也。顾未几而丛报内部有意见冲突,天啸先去桂入粤,置身军界中,枕亚则醉心说部,誓终身为业,乃脱离丛报,而别创书局曰清华,虽资本短促,未能大盛其业,而社会人士之崇仰枕亚者,日日盼其新著不鲜。每一编出,则争购一空,今枕亚之所为书有达数十余版者,其盛况可想见也。昆仲虽寒士,而疏财仗义,喜急人急。经营十数年,迄无所蓄,其高义热情,有足多者。天啸性刚傲,不为威屈,不为利诱,自其在粤时,主大同日报事,销数为粤报最,故其言论常有左右社会之势力。卒以军阀压迫,不久即复解散,而天啸亦自此灰心世事,不复以进取为念。返沪后任青年会国文教师,公余辄与枕亚沉湎于酒,每饮辄醉,醉则拍案高谈,不可一世。枕亚素静默寡言笑,顾亦使酒,酒醉,狂态乃发,与平时如出两人。昆仲相对,斤斤较杯卮,无稍假借,见者不知其为兄弟也。某年秋,枕亚醉归,坠于车,其故乡某日报,布专电曰,小说家徐某,以醉坠马死,盖隙于枕亚者所为。举家哗骇,至发电询问,既知无他,乃至,亦奇闻也。家事多拂逆,昆仲处无可如何之日,益复自放于酒,而不知老至之弥速。今二人皆在壮年,而天啸心志皆灰,终日惟兀坐,不问世事,虽亲戚故旧,或不能与作竟日夕谈者。枕业始患鼻病,不能辨臭味,久而益剧,识者谓根于脑症,则处境逼人,与曲蘗之力致之。且枕亚夙喜弄文翰,作小说,小说则多属哀情,其情本哀,而笔复促以济其哀,故其文能感动一切,读者为之泪下。顾今已无情可哀,行且辍笔,不复为文事矣。兄弟皆异才,乃所遭逢多不偶,以驱而至于自弃如此,足可悲也。"

小说家的才情与政论家的正直,向来不见容于专制社会。徐天啸在广东办报,与军阀为敌,与黑暗的社会为敌,当然被黑势力驱逐。他还算命大,可以全身而退,回到上海与兄弟喝酒醉生。像北京的邵飘萍,腰脊挺直到最后一刻,却被奉系军阀张作霖所枪毙,还有什么新闻自由可言。那个黄远生命运更加可悲，反对袁世凯称帝，又不知因什么原因在报纸上得罪了革命党，逃到了美国，还是被暗杀在公寓里。

许廑父在评价枕亚和天啸后期之所以消沉，稍有点不知内情不解人情。站着说话不腰疼，说得轻松吃根灯草。除非你一管毛锥能抵挡十根汉阳造，否则，你只有躲进象牙塔，去做你的香艳文章，这是文人的唯一出路。杀人放火或为明君摇羽毛扇，那是诸葛亮和强盗武夫的事，这是社会的分工，不应该强人所难。

吴双热是与徐枕亚齐名的小说家，他的长篇章回体小说《孽冤镜》也于1912年起在上海《民权报》附刊连载，与《玉梨魂》间日登载，1913年出单行本，后改编为文明戏上演，在上海滩轰动一时。徐枕亚为小说作序云："吴子双热鬼才也，为人豪放而善滑稽，似趋于乐观一派者。"在民国初年的文坛，扮演唐·吉诃德这类角色，与强大的官府嬉笑怒骂，涉笔成趣取悦于芸芸众生者，当推吴双热了。徐枕亚和他在上海滩是并肩作战的报人和自由撰稿人，对他是十分的了解。徐认为，近世的滑稽小说，只有吴双热能写出来。当然，这种滑稽，不是上海滩上那种不入流的油嘴滑舌和白领小开的娘娘腔，那是京城里养不出儿子给皇帝害惨的小太监的变种。也不是上海小弄堂里专门培养的拆白党和放白鸽式的小混混和小阿飞，那是为青红帮老头子睡垃圾箱淘泔脚水舔屁眼捧臭脚的小瘪三。吴双热的诙谐小说，其中的游戏三昧，有沉痛的寓意深藏之，讽世的暗示耐人寻味之，时时令读者掩卷而拍案响应之。徐枕亚的评价是：讽世爽切，足以正人心，足以导人入于平等博爱之途，化庄为谐。在吴双热《快活夫妻》这部章回小说，凡十余回，就诵其回目，便有这对快活夫妻呼之欲出的感觉。如"闭着秋波俏装瞎子""吃完夜饭乱对山歌""约法三章拘留五日""胭脂双掌绰拍几声""口角鞋杯十分风味""醉中人面一塌糊涂"，等等。运用吴地方言，借镜入容，笑中生悲。

吴双热早年与徐枕亚合办《小说丛报》，甚至与徐天啸合办《五铜圆》周刊，每本卖五个铜圆，故取此刊名。他的那部充满小市民诙谐滑稽趣味的长篇《快活夫妻》就刊于此。他交游很广，从1909年至1935年，往来于苏州、上海、常熟等地，与周瘦鹃、包天笑、范烟桥、程小青、顾明道、赵眠云、江红蕉等苏州才子交往甚密。他办杂志时，刊用了郑逸梅的第一篇作品，促使郑从此投身文学界。他也客串过侦探小说，就是在范烟桥赵眠云合编的《星报》，一次有23位作家连接写的盛会，他写的那一篇名为《此是销魂荡魄时》。《孽冤镜》这部二十四章的自述体小说，有反对封建的现实意义，作者公然鼓吹"自由结婚""为多情儿女向其父母乞怜请命"，是一部反叛性极强的作品。小说写王可青与薛环娘自由订婚，因遭男方家长阻挠，先后殉情。王可青是苏州官宦子弟，与贫女薛环娘相识相爱。但可青之父嫌薛家贫穷，逼可青与大官的侄女结婚。可青被逼通知环娘退婚，环娘撞壁自杀。可青到环娘墓前吊祭，自缢于墓侧。小说的文笔哀怨凄恻，与双热豁达的处世大为不同，是吴双热后来的诙谐类小说所不能相比的。1927年，一向很少编剧本的吴双热，听到了家乡常熟的一则社会新闻，他为女主人公的惨死而激愤，赶写了一出话剧，在上海滩屡演不爽引起轰动，也受到事主的控告和追杀，从此他只得隐姓埋名，匿迹人世。事情的起因是这样：常熟城西叶云贵从日本留学归来，在无锡与女教师华某恋爱。叶云贵诓称出身为仕宦家庭富有田产，骗得华女母亲的信任。在无锡结婚时，男方无人参加。其实叶云贵家道中落，供他读书后已无任何家产，他怕父母破衣烂衫出席婚宴露丑，故谎称父母年迈不耐车船，推诿了事。华某也信以为真，婚后产下一女。时值国民党北伐告成，叶云贵在南京党部任职，对妻子日渐冷淡，并令她迁回常熟赁屋居住。这时，叶云贵也不怕暴露庐山真面目，因为他有官做有钱花了，再加上在南京另有所欢，他泼皮的本相毫无顾忌了。可怜的华某在常熟与凶暴的叶母作伴，常常受到婆母凌虐，终于气愤成癫，病情一天比一天严重，某日深夜，叶云贵潜回家，次日早晨即匆匆离去。不久，就传出华某暴病身亡的消息，无锡华家得讯，赶到常熟，见华某死状可疑。后来，华母从叶家外甥女口中得知，华某是被丈夫用大斗覆头部扼杀的，凶残的叶母也动手相助。华母就向法庭申诉，通缉叶云贵，叶云贵一直逃到东北隐匿，始终未获。吴双热就根据此事写成了剧本《败叶摧花记》，在上海大演特演，因而受到国民党上海党部的警告。后来叶家又花钱请流氓威胁吴双热，在黑暗的威逼中，靠笔杆子为生的作家只得隐身退缩了。

吴双热作品很多，长篇有《兰娘哀史》《学时髦》《断肠花》《鹃娘香史》《无边风月传》《女儿红》《花开花落》等十一部，短篇集有四部。他的斋名曰："嚼墨庐。"

俞天愤，字彩生。他出身于名门。其父亲俞金门，是两朝帝师翁同龢的外甥。翁同龢晚年开缺回籍，寓居于常熟虞山白鸽峰时，便时常由俞金门照顾老人的生活。因为俞金门的父亲俞大文比翁同龢稍年长，他们是游文书院的同学，学院教习当时由翁同龢父亲翁心存所任。翁同龢在家中排行第六，故常熟人称之为翁老六。乡间有"小娘舅大外甥"之说，翁同龢与俞金门便是这种情形。翁同龢的大姐翁瑞珠嫁给俞大文。而这个大姐长翁同龢十余岁，从小给小弟弟慈母般的关怀。翁同龢出生后，母亲少奶水，便由姐姐翁瑞珠每天用新米煨汁，哺养翁同龢。翁瑞珠嫁给俞大文，在生下俞金门不久，便病逝。故翁同龢不仅对外甥俞金门如同己出，对重外甥俞天愤也极为疼爱，从小关怀备至。

出生于1881年的俞天愤，是见过大世面的。在他23岁时，翁同龢逝世，常熟全城轰动，海内外名士云集。出殡时，他举着"天子门生门生天子"的白幡对联，引得路人十分的注目。这副对联的寓意是很深的，据说是由俞金门所撰。因为翁同龢是咸丰六年的状元，是皇帝圈点的，故曰"天子门生"。而翁同龢又做过同治、光绪两个皇帝的老师，故称作"门生天子"。俞天愤的名字是后来改的，他的脾性伉爽有大丈夫气概，因而这名字也改得爽利。在上海，他经常看到报刊上有包天笑的名字，便对徐天啸说，他人有天笑，我们要天愤，于是就改名为俞天愤。辛亥革命前夜，他率健壮青年百余人保卫乡里，与流窜的绿旗兵丁作战，赢得百姓称颂。他的第一部作品，刊于曾朴的小说林出版社，是一本歌颂法国女英雄的弹词。1912 年发表长篇《薄命碑》。民国二年著有言情小说《二月春风》《绣囊记》《镜中人》。他因为熟知地方乡绅争权夺利的内幕，就写了一部社会政治小说《剑胆琴心录》，其中"选举趣史"幽默生动，把个民国老爷们参选丑态描摹得惟妙惟肖，被选入《中国黑幕大观》。俞天愤写小说也与他的豪爽风格相似，白天为改良政治而奔走呼吁，更深人静时走笔写小说。写完一部小说，几乎没有一字错漏，惊得徐天啸徐枕亚接到他的稿件，常常发问："天愤兄，你的小说真的一遍而终篇吗？"

有徐天啸在 1923 年《小说日报》上为之撰小传一篇："天愤，俞氏，字彩生，常熟人。伉爽有丈夫气，重然诺，与人谋，虽蒙难不辞。辛亥建设之始，率健儿百余人，保卫乡里，有夜不闭户、路不拾遗之概。会民国成立，诸强悍者相率张帜一方，以势力相尚，天愤知事不可为，乃署此名，退而不问外事。其所著单行本小说，最初为小说林出版之法国女英雄弹词。是时扼于专制淫威之下，乃敢明目张胆，倡言革命，其识略有过人者。辰巳之交，又成《薄命碑》，后载本报中。民国二年曾著《二月春风》，悉叙其不得意事，经镇江某氏购去，至今未见印行。外此则有《剑胆琴心录》，叙势利卑鄙之小人，攘产媚官诸丑态。散见于小说新报。其最经意者，则有镜中人一书，为言情之作，外此则有中国新探案、中国侦探谈，皆钩心斗角，一字不苟，又皆为亲身经历之事，中国之有侦探案，实天愤创造也。其短篇小说，皆趋重于社会，最先登载者为小说丛报，不下数十篇。近更专作不话，能折中得新旧两派。迩又注力于改良市政，日夜奔走不遗余力。其为小说，皆于更深人静时走笔书之，终篇不遗一字，亦奇才也。于书无不读，尤肆力于经史，能背诵十三经无讹字。惟有志不遂，与人言嬉怒百出。本报前载武断的社会，首一段，即自写其照耳。"

俞天愤是世家出身，学问素养固在同辈之上。他的遭遇与写《洪秀全演义》的黄小配相似。平时脾性"合则留不合则去"，为小人所攻讦。既有文才，又有勇武之力，终为世俗所不容，被乡人视作"俞憨"。近年来在其后人家中发现他所作的书画，陆续散出后不见踪影。

云史碧梦
——读史札记之五

清末民初,有一个自称"江东才子"的诗人杨云史,出身于官僚地主家庭。他的父亲是两朝帝师翁同龢政治上的敌人,名叫杨崇伊,光绪二十三年任广西道监察御史,在戊戌政变中弹劾康梁,一举成为慈禧荣禄的红人。六君子被杀的这一幕悲剧,虽然尽人皆知告密者是袁世凯,但当时参劾新党,离间西太后和光绪感情,请西太后重行亲政的奏折,主谋领衔的便是利欲熏心的杨崇伊。(曾朴所著小说《孽海花》和《鲁男子》中所称的"尹御史"就暗喻杨)。

杨崇伊出身于常熟东乡恬庄的大地主家庭,早岁点过翰林,他同李鸿章的弟弟李瀚章是儿女亲家,女儿嫁给李瀚章的孙子,儿子杨云史又娶李鸿章儿子李经方女儿为妻。杨崇伊的幼弟又是李瀚章的女婿。这种官场上下左右联为亲家的婚姻关系,造成了一种统治集团利益分配的稳固。所谓肥水不流外人田,富的更富,贵的更贵,穷人与圈子外的精英,便很难进入权力体系。这种状况,连一向标榜平等博爱的近代资本主义国家机器,也难以避免,不要说陈陈相因的封建专制的帝王国家了。维新运动失败后，杨崇伊自恃功高，原想在西太后一派中再升一级官，却并没有得到重用，外放陕西汉中府知府，也只是个四品角色。杨在乡里当豪绅时，就是个坏事做绝的人，他恃势专横，霸占族产，包揽讼词，侵吞漕银，乡人畏之如虎。他还在家族中担当封建卫道士的角色。侄女杨小姐和男青年周永韶自由恋爱，被杨察知后，百般阻拦，利用家族势力，迫使杨小姐服毒自杀，引起公愤。杨当汉中知府不久，便又钻营到苏州任缉私统领。他与地方名绅吴子和争权夺利，演出一幕幕丑剧。吴子和在苏州创设济良所，收容从良妓女，教会她们一技之长，使她们脱离火坑。这一件好事却惹怒了惯喜嫖娼的杨崇伊。某天，杨要求保释所中收容的两名妓女，被吴一口拒绝。杨便亲自带了一队持枪卫士，冲进济良所把两名妓女劫走。又有一次，吴子和在苏州松鹤楼庆贺六十大寿，社会各界乡绅名流欢聚一堂。杨亦在座，喝酒喝得半醉，借着酒劲便提及保释妓女一事，不顾公众脸面与吴争论不休，并大声咆哮宴会大厅。赴寿宴喝寿酒的人，都是在苏州有头有脸的人物，岂能容忍这种无赖式的小人如此嚣张。激于公愤，众人将半醉的杨崇伊捆绑后吊在马棚里打了一顿。事后，驻守苏州的江苏巡抚瑞澄将此事申奏朝廷，说杨挟妓酗酒，有玷官箴。结果，杨吃了个极重的处分：奉旨革职，永不叙用。杨崇伊靠落井下石向上爬升，到头来跌得鼻青脸肿，不仅在大庭广众遭受耻辱，还丢掉了赖以生存的官职。回到家里，他便吞金自尽了。

　　父亲是近代史上的有名小人，儿子却是一个出色的文学家。杨云史少年时便与表兄曾朴同负江南才子声誉，一生恃才傲物，走南闯北，流连风月，过着诗酒相伴的浪漫生活。关于他的风流才情，常熟小掌故上有这样的介绍：一次，他在汉口游玩，遇见了一个浙江诸暨的美貌女子，叫陈美美，是风月场中的名妓。杨一见钟情，每晚必至捧场，并为她画红梅图于扇面，还题赠了大量吟咏美美绝色风情的诗词。当时已是吴佩孚秘书的杨云史，自是一言一行被人注目。他的行踪被汉口某报记者侦询，便将此事刊在大小报纸上。后来更是由无聊文人将此事大作色情文章，说美美对其他嫖客昼夜服侍，独独让杨空房守候，对他恶意污蔑。友人劝他写文章反驳，杨大度地一笑，做了一首俳句自嘲："报是它出版自由，嫖是我恋爱自由，要怪它家家报馆，先怪我夜夜秦楼，只要风流不下流，这其间何必追求？"他是个有情有义的性情中人，一直想为陈美美脱离妓院尽一分力，可惜他一介书生当时并没有多少财力。后来据说由吴佩孚的另一个秘书张其煌赠给他一本价值五千两白银的《张黑女碑》，变卖后才将美美赎出妓院。杨云史是有妇之夫，当然不能与美美共结连理。为美美的终身着想，杨云史将她介绍给自己的朋友，让她与上海做实业的吴先生缔结婚约，成就了世间一桩美好姻缘。

他十七岁娶李瀚章孙女为妻，年二十一，以秀才为詹事府主簿，二十七为户部郎中。他这个江东才子的名气也并非空穴来风。杨云史在扬州遇到了曾在宫廷作伶工的蒋檀青。此时的蒋已是燕老归巢无力气，诉说昔日在避暑山庄为帝妃吹拉弹唱的荣光，眼泪汪汪，大有白头宫女说天宝的伤心感慨。杨据此写下了《檀青引》长篇七言歌行体古诗，这首一千多字的诗歌前还附有近一千多字的《檀青传》。无怪乎钱基博《现代中国文学史》称之为"绝艳警才，不在王闿运《圆明园》之下"。不过，湘潭王闿运《圆明园词》前两千余字的序言据说是长沙人徐树钧所撰。王闿运以文章雍容著称，十九岁时已被列为湘中五子之一。而杨云史十五岁时，便与杭州汪云宝、江都何震彝、常熟翁之润同列为江南四公子。

杨云史少年得志，二十七岁时便已是户部郎中。他又参加了光绪年间顺天乡试，为南方籍考生的第一名。中举后，他调至盛宣怀任尚书的邮传部当主稿，薪金优于同品级的京官。但他书生气十足，不愿意在胥吏的位子上碌碌无为终老一生，便申请外调。在这个时刻，官场的襟带关系帮了他大忙。李经方出使英国，便奏调女婿杨云史充任英属南洋领事，驻扎于新加坡，一住便是五年。这是神仙生活的五年，这是才子与才女诗酒相伴偎红倚翠的五年。当时，杨的第一位夫人李氏在为他生下三男四女之后，于结婚的第八年去世。杨在三年后续娶漕运总督徐仁山女儿徐檀为妻。这徐檀是个才女，跟随丈夫来到南洋，住在热带风光的海岛绿墅中，风月清夜，高咏独啸，仿佛是天上胜境之中的一对绝配仙侣。这个徐氏，白天坐在万绿丛中，教导两个幼儿读书。晚上精心烹饪，招待南洋各界的朋友在家中聚会。无怪乎杨云史发出这样的赞叹："……夫妇吟啸其中，终岁春夏，园亭清旷，风月殊佳。幽居海岛，晨夕相对，埋乱不闻，苍然物外，当是时，苟无去国之嗟，思亲之切，则将终老是乡，作始迁祖于南溟矣。此为余夫妇少年最乐时也。……"文中所述，确是真情至性的流露，海洋热带植被地方的优美环境，大自然给人一种无忧无虑极乐悠闲的生存状态，这种与世无争的仙境怎能与国内窘迫苦难的现状相比呢？像杨云史这样的情种，自然会浮梦联翩终老仙乡了，什么远离祖国远离家乡这种情绪，早被最适合人的生存环境和人文环境所迷住了。否则，当时怎么会有百万之多的华侨在这块土地生息滋养，而福建、广东等地的穷人怎么会拼着一条被专制逼得身无分文的穷命，来南洋寻一条活路呢？南洋太美了，森林资源太丰富了，生存太容易了，凭着中国人的吃苦精神，到这样的仙境，还怕没有好日子过吗？就在这个白云在山靓妆为欢的时期，杨云史诗兴勃发，创作了大量长诗，例如《南溟哀》《爪哇火山诗》《西溪行》等。这里还有一段小插曲，当时南洋群岛的华侨种植橡胶园成为巨富的很多，这使得杨云史十分的眼热。他本身受到李经方洋务思想的影响，认为经商是致富的良途，也是国家兴旺的命脉，所以一直想集资在南洋发展橡胶业。辛亥革命之后两年，当时杨云史已经奉调回国，袁世凯政府又任命他为新加坡总领事。但杨再次到了南洋后，却辞去了该职务，在友人的帮助下一心一意开办了一座橡胶园，做起橡胶的出口生意了。据说，他也发了一笔横财，否则，后来也不可能在老家常熟花巨资修建美丽的私人园林——石花林。还有，辫帅张勋也不可能被说动了心，投资十万银洋于杨的橡胶园。但经商发财的美梦不可能是才子的专属，偶一为之尚可，多做了便是噩梦了。果然，1916年之后，随着一次大战的爆发，南洋橡胶业便受到挫折，杨云史的橡胶园也关门大吉。他回到常熟，先暂住在表兄曾朴的虚廓园。常熟山水秀绝吴中，他便醉心于营造设计，依照南洋东陵幽筑样式，构建石花林。

在杨云史的一生中，最让人费思量的是，他曾与北洋直系大军阀吴佩孚关系密切，前后六年担任吴佩孚的高级幕僚。在吴府幕中，吴待其为上宾。杨云史最为著名的那部自选诗集《江山万里楼诗词抄》，便是在幕僚时期印行，并由吴佩孚题签作序。诗钞共有十三卷，分少年、壮年、中年、强年四集。据邓云乡《常熟才子杨云史》一文称："吴佩孚几次大战役，杨均有诗记载。一是民国十一年春天，张作霖率奉军入关，占据天津、北京附近。吴佩孚率军自洛阳移师河北，大败张作霖于长辛店，再败于滦县，数日之间，破奉军八万，张作霖退出关外，有名的直奉战争，以奉军失败而告终。杨有《军中诗》四首记此战役。最后一首道：'夜半东风起，军中万马鸣。用兵不在众，卷甲及平明。百战增诗力，三边破竹声。胡天飞鸟绝，不敢近长城。'"

可惜，军阀混战，没有任何一方是常胜将军的。就算是同一营垒中的大小军阀之间，也完全是为了私利的厚薄和分赃的多寡而决定忠心的向背。民国十三年秋，第二次直奉战争开始，一向视作吴佩孚手下大将的冯玉祥，突然倒戈兵变，在决定战争胜负的关键时刻，趁吴在秦皇岛无法顾及后方之际，回师北京，直捣吴的老巢，吴一下子被打垮了。杨云史当时也在军中，和吴一同从海路逃到武昌。

这里，需要分析一下杨云史为何会被吴佩孚所用呢？其实，文人气质的深层次因素，也是极想建功立业为当世所用的。康有为一世英名，眼见比他在政治舞台上嫩了不知几辈的吴佩孚，如今战功赫赫拥兵自重已成为当世之枭雄，也低垂着向来傲世的青眼，为吴佩孚五十大寿亲自送上贺联："嵩岳龙蟠，百岁功名才过半；洛阳虎踞，八方风雨会中州。"马屁多么会拍，句句拍在马屁股上。倒是杨云史有点不好意思了，因为康南海是当世之大儒，是洛阳城中最显赫的贵宾之一，再加上父亲杨崇伊弹劾康梁的往事，使他这个后生小辈在招待前辈大诗人时十分尴尬。他后来在《送南海先生》四首律诗、四首绝句的前言中写道："癸亥暮春之初，吴将军五十寿，四方诸侯宾客会于洛阳者七百人，南海康先生先三日至，延上座……于他处见余北游诸诗，哀余之志，誉为诗史。时宾客数百皆欲一见颜色，先生亦既恶之，独引余作清淡，绵绵然若针芥之相投，书'风流儒雅'四字见赠，意殊爱我。余则以戊戌政变，先公与先生政见不合，弹劾先生至出亡，未敢作深谈，且直告之。先生则笑曰：此往事耳！政见各行其志，何足介意。况君忠义士，何忍失之？愿与君订交……"康南海很赏识杨云史的才能，称其长歌为"诗史"。从文人气质来说，康与杨是相近的。当然，山东蓬莱人氏的吴佩孚也是秀才出身，在血腥屠杀中滚爬到一方诸侯之后，仍被誉为北洋三秀才之一。康、杨、吴，三者的关系，在书生意气的某一个瞬间，是有其相通之处的。但杨、康并没有拥兵自重称霸一方屠杀生灵逐鹿中原的王者气派，历史老人也没有赋予他们这样的机会，于是，在月黑风高之夜，昏灯迟暮之初，渭水灞陵之岸，文人才子只敢效季鹰烟波之请，乞林甫妻子之情。清辉玉璧，未免相对有情；疏影高窗，清狂是其素性；游侠燕气，故态因之复萌。一腔从军杀敌的热血愿望，便只能寄托在武夫侠客身上。在大诗人李白身上，有这样的理想，在岑参高适甚至王维白居易身上，也有这样强烈的功名利禄的欲望。但到了杨云史康有为这一代，"英雄徒虚伪，大盗胜者贵""白骨如山诸将贵，黄金满地五丁愁"，煌煌颂诗便只好作违心之论，累累长歌也只有空洞之音，劣马也权当神骏，关闭发亮的眼睛，羞愧聪慧的神经，心中的期望便只能降格求之于强藩割据的假英雄身上了。当然，慧心秀口兼具悲天悯人情怀的诗人杨云史，更多的是写出了大量像杜甫《石壕吏》那样哀时忧民的长诗，例如：谴责军阀和盗贼的五言古体《哀中原》《南昌军幕感怀》等。杨云史的古体长诗，力振唐音，不落宋人哑涩之体，成就上胜过吴梅村。他不仅七古五古写得好，七绝也写得缘情绮靡沧桑欲泪。1938年，他与夫人狄美男逃离北京途经天津时写了一首七绝："折柳攀条满水滨，年年送客过天津。今年过客无人送，都作销魂万里人。"他的老友张仲仁曾和诗一首，曰："风流文采海虞杨，万里江山一锦囊。花木禅房归不得，香江红豆亦开张。"这首诗里隐含着四个典故。海虞，即指杨云史的家乡常熟，常熟唐代称为海虞。万里江山暗指杨的诗集和楼名。花木禅房指的是常熟的一处名胜古刹——兴福寺，里面珍藏一块刻有唐代诗人常建五言诗的碑，其中两句便是"曲径通幽处，禅房花木深"。红豆暗指杨云史的花石林别墅，它紧靠曾园。杨云史辞去新加坡总领事，回常熟闲居时便借住于曾园红豆树下。红豆本生南国，杨云史1938年后便移居香港，常熟的花石林被万恶的日本鬼子烧毁了，他只得在香港重觅山庄了。

杨云史生于同治壬申年（1873年），逝世于1941年8月15日。老年的杨云史患有严重的风痹病，在战争时期的香港无法得到良好的治疗，终年只有68岁。中华人民共和国成立后，曾任中央文史馆长的章士钊曾在友人宴席处见到了杨的第三任妻子狄美男，章感叹杨的早逝，赋诗道："燕市笙歌听未酣，手扶才子到江南。石花老画人千里，诗卷飘存佛一龛。"

西厢遗恨
——读史札记之六

江南多茶馆，河湾溜溜，河水清清，湿漉漉的石阶没入浅草柳丛，雾失粉墙，雨洗小巷，漏窗一抹桃红隐约闪过，油纸伞下花样的笑靥令人遐想翩翩。月夜黄昏，绣楼上猛地拨响一声弦索叮咚，惊得小巷深处的路人四处张望，隔墙花影动，疑是玉人来。凉风穿堂过，绿阶燕归迟。谁能知晓，漂泊于江湖的说书艺人，唱落了多少红粉胭脂奇花玉屑？一瓢舀取，一扇一木，便能口若悬河呼风唤雨？今古沧桑能纵横，可惜难料身边事。

清末，说、噱、弹、唱名满江浙一带的常熟弹词名家朱寄庵，是书香门第出身，曾考中秀才，因乡试落榜，遂依外姓。他本姓姚，名琴孙，跟了先生学说书，怕玷污祖宗，所以才改姓朱的。他有很好的古典文学底子，对弹词话本过目成诵，在王实甫、董解元《西厢记》基础上，自编自演了全本弹词《西厢记》。一次，他在玉壶春书场献艺，该城的士绅从不听书者，因慕先生才名，相率乘轿至书场聆听。书场里，朱寄庵能文善唱，从头到尾，吸引了这批只听昆剧卑薄曲艺的乡绅。书场门口13顶轿子，一顶都没有提前离开。寄庵先生书艺享誉江南，凡江浙一带较有名的茶馆书场，莫不延请为上宾。至今评弹界还流传着这么一件趣事。说他有一次在太仓鹿鸣楼演出，碰到了一件奇事。一般像朱寄庵这样的响档，又是说《西厢记》这样的长篇书目，至少要在一个码头说上一个月左右。每次说书，书场坐在前排有一个年轻的听客一边听一边记。起初，朱寄庵也没有在意，因为台上被汽油灯照得雪亮，台下相对稍暗，加之书场里烟气缭绕人头济济，他也没法看清台下动静。这位年轻听客姓时，是这个县城里的评弹票友，没有钱学说书，又是个西厢迷，便借着听书来偷偷学艺。每次深夜归家，时青年便细细回忆这回书的书路、关节、唱篇的安排等，对书中人物的出言吐语、举手投足再反复练习揣摸。这件事被朱寄庵知道后，他也不点穿。有一日，说书说到要紧关子，时青年正在台下用心笔记，朱寄庵惊堂木"啪"的一声凌空一击，在台上大声喝问："何许人偷我西厢？"台下一阵喧哗，时青年脸生愧色，忐忑不安。散场后，时青年托人向朱寄庵说明原委。寄庵先生被他好学精神所感动，欣然收他为徒。时青年在学成之后，即以"何许人"为艺名，单档弹唱《西厢记》，成为一时之佳话。

　　却说朱寄庵，科举功名上没有了出息，但评弹响档却让他红透半天。两个儿子，一个取艺名朱兰庵，一个叫朱菊庵，从小也跟着他走江湖码头去演出，初露头角便小有名气。朱寄庵过世后，兄弟两人便拼成双档，游走于江浙两省，老听客称之为"朱双档"。这个大哥朱兰庵是个绝顶聪明的人，他弹唱的《西厢记》不同凡响，独创"吟咏调"。这调门与众不同，非弹词曲调，非京昆和地方小曲，而是书斋中吟咏诗词的声腔，听得一个个客人摇头晃脑，迷醉其中。

　　本来说书说出了名，就像徽班里的名角儿，可以坐吃一辈子了。但朱兰庵并不是个寻常之辈。他有才能，有抱负，他要寻找更大舞台,施展自己的才具。从小走江湖,阅历了人间无数黑幕,书生意气,促使他热血高涨铤而走险。清宣统二年(1910年),他在上海说书时,遇见了南社革命党人冯心侠。冯心侠此时正在秘密从事推翻清政府的工作,朱兰庵在空余时间向冯请教诗文,文学水平迅速提高。他当时才16岁,且以冯为师,受到冯的资产阶级革命思想的陶冶,自由平等博爱的观念便种进了他的脑中。在冯的介绍下,他参加了光复会,与一大批激进的党人过从甚密。这时的朱兰庵,身份是两重的。晚上是书场里人莫为敌的弹词小名家,一口糯糯的苏牌迷倒了多少红男绿女。白天是一个精神饱满的叫姚民哀的地下工作者,印传单送情报,为报纸写政论,抨击清政府。1912年辛亥革命成功,姚民哀便告别书场踏上官场。他来到吴淞,拿着冯心侠的介绍信,走访光复军司令李燮和,一番口若悬河的革命理论,说书艺人的拿手本事在这样的场合得到了充分的表演。他的真诚,他的热情,他的献身精神,在一个十八岁的青年身上,除了熊熊燃烧的爱情可以与之媲美,还有什么能超过建功立业的渴望之火?在姚民哀身上,不是缺少女人和爱情,他是一个少年就出道的艺人,那些狂热的痴男怨女追求演员不惜一掷千金的丑态媚态,在他父亲身上,在他们兄弟双档身上,发生过许多回了,已经引动不了他的满腔热情了。于是,他开始从一个小小的说书舞台上,转而投身于一个庞大复杂陷阱凶险的政治舞台。他的本质是一个百无一用的书生,《西厢记》中文质彬彬怜香惜玉的情调害了他,因为他不是流氓无赖和杀人如麻的武夫,没人怕他。而他天性中的冒险精神,使得他有一种孤注一掷不顾一切的性格偏执,这注定了他的一生是从悲剧开始,以悲剧告终。

当然,武昌起义之后,群雄争锋,各路军阀英豪大显身手网罗人才。李燮和也急需用人,姚民哀自是首选。于是李便聘请他为淞沪光复军秘书,并动员姚加入中华革命党。这是乱世之中姚民哀从政生涯中第一次当了秘书。说起姚所加入的中华革命党,也是蛮有来历的。1913年,"二次革命"失败后,孙中山被迫逃亡日本,在日本召集国民党员组成中华革命党,宣布"以扫除专制政治、建设完全民国为目的",规定入党者都要按手印、立誓约,绝对服从孙中山。中华革命党继续进行反袁斗争,在广东、山东、湖南等地组织武装起义,可惜均惨遭失败。也就在这个时候,姚民哀跟随冯心侠、邹亚云等人往返南北诸省,图谋刺杀满清权贵的活动。冯心侠本名冯平,字壮公,江苏太仓人。他13岁以第一名的成绩补太仓州生员。1905年东渡日本,谒见孙中山并加入同盟会。1907年回国奔走于革命党的宣传联络。1909年参加南社。1912年结识宋教仁。宋教仁将其视为知己,并题写"白眼观天下,丹心报国家"一联相赠。就在这一年,冯心侠在上海和叶楚伧创办《民国日报》,估计姚民哀就是在这一年结识他们的。而邹亚云也是当时活跃在上海滩上的年轻才子,他在望平街上的《天铎报》任主笔。他是江苏吴江人,读书于同里自治学社,和柳亚子同学,与冯心侠是同年。孙中山任临时大总统于南京,柳亚子便由邹亚云陪同到总统府拜访。所以,从某种意义上来说,年龄上比姚民哀大6岁的冯心侠、邹亚云,在姚民哀看来,他们不但是成熟的革命者,政治舞台上的先行者,也是他文章上的前辈老师。南北议和时,受中华革命党的派遣,姚民哀和太仓党人王萝梦一起持枪暗杀一个议和代表,没有成功,反遭通缉,便星夜出逃,避居到吴江平望镇的鸳湖边上。隐居了一年有余,通缉的风声松了,他便重操旧业,仍以朱兰庵的艺名,在嘉兴一带说书为生。这时,姚民哀二十岁,大动荡的社会,使他早慧早熟。

在民国时代,像姚民哀这样参与党人政治活动的旧文人有很多。这也是乱世之中青年才俊寻找出路的一种极端行为。他们不安心于平常人的行径,总想出人头地建功立业,总想不同凡响高高在上。这样做,如果以成败论英雄的史学观来分析,要么是登高一呼的功勋,要么是困守一隅的狗熊。譬如南社创始人柳亚子,他给予姚民哀不但是文学才华上的影响，更是一种积极参与实际斗争的榜样力量。柳亚子20岁那年，到上海进入理化速成班，学习实用化学，想自己制造炸弹，准备从事暗杀，为革命出力。譬如汪精卫，他加入南社比较早，他的入社号是260号，由于柳亚子当时比较器重汪的才华，汪精卫的大量诗词在《南社丛刻》发表。1923年10月14日，新南社成立，汪精卫参加了成立大会。柳亚子是这样评价新旧南社的：南社是诗的，新南社是散文的；南社的代表人物是汪精卫，新南社的代表是廖仲恺。据柳亚子的《南社纪略》，姚民哀的会员证号是583号，并于1917年和1919年两次参加了在上海徐园举行的南社雅集。

汪精卫于1910年潜心研究炸弹，以后到北京开设"宁夏照相馆"，秘密建立了暗杀机关，因谋杀摄政王载沣而被清政府判处无期徒刑。当时27岁的汪精卫在狱中写下了著名的《绝命诗》四首，其中"慷慨歌燕市，从容作楚囚。引刀成一快，不负少年头"，脍炙人口壮怀激烈。汪精卫从事反清暗杀活动，有实际行动，有视死如归的豪情胆气，这令柳亚子十分敬佩。因为柳亚子自认为是书生意气，只有暗杀的念头而没有实施暗杀的行动。所以，在二十年代至三十年代中叶，南社的社员，都是以汪精卫早年的革命激情为楷范。姚民哀比汪柳都晚入南社的大门，他的内心自然向往汪那种为国献躯的英雄豪气的。他后来在文坛上郁郁不得志，转而在抗战初期投向汪精卫的敌伪政权，其中不能说没有一点向汪精卫学习的因素。现在查到资料表明，民国初引领姚民哀走上革命道路的冯心侠和邹亚云两人，都是柳亚子的密友。邹亚云更是柳亚子反对南北议和、密谋暗杀议和代表的策划者之一。姚民哀时而是书坛当红名家，时而是黑幕小说和才子佳人恋情的始作俑者，时而是革命党人派出的秘密杀手，这多重角色的演变，多重人格的分裂，多种面目的幻变，使得他的思想到灵魂都处在多疑多惑的精神分裂的边缘。

1913年之后，姚民哀一边说书，一边写小说，他精力旺盛兴趣广泛，经常为上海各种报纸杂志撰稿。从1914年到1933年，他的小说创作几乎没有停顿过。上海的《红玫瑰》《半月》《快乐》《紫罗兰》《游戏世界》《戏剧月刊》等屡见姚的作品。较有影响的有《民哀说部》《息庐杂记》和长篇武侠小说《荆棘江湖》《南北十大奇侠》等。一时间，社会黑幕和男女爱情成为姚的小说畅销题材，南社中的同人推选他为鸳鸯蝴蝶派的中坚分子。

本来按照生活平静的轨道滑行，姚民哀很可能成为近代上海滩上一个二流的作家，因为那是个只有乱世的苦难而没有天才土壤的地方。由于他是说书先生，口才好，会编故事，出手又快，上海各种小报杂志都聘其为特约写稿人。写的作品多了，难免东抄西摘，有读者和报人便指责他某些小说是剽窃的，引起纠葛。他觉得失了面子，便有点消沉。在书坛上，人家赞赏他是当代柳敬亭。而在小说界，他似乎还排不上前10名。当时一批旧文人风头比他健，例如包天笑、周瘦鹃、张恨水、顾明道、程小青、赵眠云、徐卓呆等，连常熟几个比他晚出道的秀才，像徐枕亚、吴双热、俞天愤等，这时也忙碌得很，办杂志开报馆，写连载撰专栏，在文坛上吃香得很。幸亏他不写小说时还有一项吃饭本领，便是在上海新世界游艺场弹唱《西厢记》。据弹词名家平襟亚的《我所认识的说书人》中写道："开头引起我听书兴趣的，应该是姚民哀，当时和我同在新世界游艺场编辑某日报（注：《世界日报》。出版于1923年，由姚民哀主编）。他与弟弟菊庵排日登二层书场弹唱《西厢记》，我空闲时常跟他上楼，坐着听书……"又据沈秋农《姚民哀之死浅证》中介绍，姚对其父亲的《西厢记》弹词脚本作了悉心修改，说表入情入理，唱词温文典雅，尤其出色的是，姚民哀善于在说书过程中加入小插曲，社会新闻人情世态娓娓道来，大受听众欢迎。

1925年，补白大王郑逸梅写了一篇人物小品，介绍了姚民哀鲜为人知的另一面，其中就有姚民哀爱情生活之一斑。文曰："作家往往多署名，累累至数十倍，而某君遂有一人三四十名字，从此阎王捉不来之谐什。姚君民哀，有花萼、小妖、乡下人等别署，而挟三弦操敬亭技蜚声书坛，则又更其名姓为朱兰庵，无怪去岁一病几殆，外间编传噩耗，而东坡海外，依然游戏人间。君侏儒其体，而双足殊小，同文因以姚矮子、小脚先生称之。而其状貌居止，则与邵力子有虎贲中郎之似，宴会时，有误呼之为邵先生者，盖其时邵为民国日报记者，尚未跻登显位也。君广交游，多识九流中人，有好事者预撰一挽联贻之云：脚小人小棺材小，名多友多著作多；君睹之，付诸一笑而已。君主持世界小报有年，与我星社颇通声气，而予之识君，则在曩年新世界办花国选举时。嗣后翰札往来，岁必若干通，然予尚有一憾事，则识君面、读君文，知君行谊，然犹未获一聆君之西厢妙奏也。君著述以散见于小说丛报、小说新报及红杂志、红玫瑰者为多。编撰之书，刊为单本者，有小说霸王、民哀说集，尤以党会小说，独步一时，如《箬帽山王》《江湖豪侠传》《四海群龙传》等皆是。君入南社，为革命之实行家，诗文词章，无所不能，亦无所不工。民国十九年之春，君燕居海虞西河上，蒙以新成之伴奂词二十绝见示，手稿犹存箧衍中，兹录其一二云：玉人福慧本难齐，薄命怜卿忍品题，对月每教思往事，镇江门外草萋萋。到死此情不去怀，摩挲半股断头钗，夫差霸业今消歇，花草埋幽冷馆娃。此中当有一段哀艳影事，惜予未之知耳。"这里有一段文字上的疑问。民国十九年，当是 1931 年，姚民哀 35 岁。但郑逸梅这段文字又写于 1925 年，估计是笔误，可能是民国九年，1921 年，姚民哀 27 岁。所发生的恋爱也应该是这年轻的时光。

姚民哀于 1917 年曾为自己的文学创作定下一个目标："诗词要媲美黎里的柳亚子先生，文章小说要学东江的叶小凤先生。"这叶小凤便是叶楚伧，后来当了国民党的宣传部长。他早期写得一手好小说，文字又清丽又典雅，最著名的便是那部社会小说《古戍寒笳记》。自1920起，姚民哀在上海美商花旗烟草公司担任文牍，受公司派遣，他为了推广业务，走南闯北，足迹遍及大半个中国。《红玫瑰》第3卷第十四期上，姚有一段自述："我从九岁与社会交接以来，迄今二十七阅寒暑……从民国十年秋天起，北游京津，东至吉、黑，西入潼关，南越闽粤。至民国十三年川汉倦游止，共经了直、鲁、豫、陕、苏、浙、皖、川、湘、粤、奉、吉、黑、赣、热、察、绥二十个省界以来，有了一种心得，觉得无论作文做事，毕竟还是从诚实两个字上着手，容易感动人家。故而甲子年后，我的文墨和行为，努力向朴实无华的途径上走去……拿了一支秃笔将我所见闻的社会秘密因果，夹叙夹议地写出来……这就算我自己良心上得着的安慰，消遣忧患余生的方法，莫妙于此。"公平地说，姚民哀的小说，风花雪月的固然不少，但揭露社会黑暗帮会势力的这一类作品，是他创作中最为优秀的部分。他是说书先生出身，跑三江六码头，要与各式各样的江湖帮会黑道人物打交道，因而，养成了他自觉和不自觉地搜罗发掘江湖朋友和江湖骗子的资料，作为他写小说编新书的第一手资料。他在1928年的小说序言中说："近几年来，在下因为采取秘密党会珍秘的材料，所以不惜耗费精神和金钱，随时在江湖上跟此中人物交结，留收探访各党秘史轶闻，摸明白里头的真正门槛，才敢拿来形之笔墨，以供同好谈资。冤枉铜钱固丢去不少，但是被我探访得确实的秘党历史，和过去与现在的人物大略状况，也着实不少。"对于小说的技巧，姚民哀也有丰富的经验之谈，他在《红玫瑰》有精到的论述：

　　无论作长短说部，最忌笔头呆直。须如武夷九曲，迤逦写来，如珠走盘，使读者目光闪烁不定。落笔时，当存我文第一要颠倒后世才人心思，遮瞒后世才人眼目。簸弄盖覆，全系乎字里行间。于是处处要求读者思。故有时明示以隙，又恐读者过思，复宜弥缝其隙。此乃作小说第一门槛。性近愿学者，不可不知之。笔头呆直，固属作小说之大忌，然有时据实直书，能引起读者兴会，则亦毋庸过分雕琢。所谓奇文不外乎实理，妙境即生于至情，作者亦不可不知此义。每写至长篇回末，当以己身作为读者，掩卷默猜此后当该是何等文字。其间行文补逗，脉动筋摇，似是而非，迷离恍惚，暗里迹象，明乏线痕，务使读者有枉费数日寻思，而仍头绪未曾揣正之感。谚所谓真裁缝灭尽针线迹，遮探得骊龙颔下珠矣。

描写小说中人物，非学问经验两俱深当者，不可造次下笔。须其擒龙缚虎之手，摄魂追魄之笔，心灵腕敏，身入个中，写才子即肖才子，写美人即肖美人，写英雄即肖英雄，写鄙夫即肖鄙夫。要使读者生出钦怜敬恨种种心肠于不知不觉中。自古迄今，舍宋施清吴二人之外，其他作手虽有寸长，终逊二子。

从1914年著述《商妇琵琶记》到1935为《啼笑因缘弹词续编》作序，在21年的时间中，姚民哀约创作了11部长篇小说，数十个短篇小说和长篇弹词。他的短篇小说比长篇小说写得精彩。例如，《甘侉子》《周四先生》《喳八全全》《青龙元元》《盲盗蒋妞妞儿》《记齐村三义店》《三不党》等，都是写的底层有一技之长的特异人物，性格鲜明，故事奇丽，采自民间传说，可信可叹。

1937年，日本鬼子侵略中国，姚民哀的家乡常熟也被占领。照理说，他在上海有正当职业，衣食无忧。但侵略者的炮火破坏了小说家平静的生活，他的悲剧人生便拉开了序幕。据沈秋农《姚民哀之死浅证》说，姚民哀从上海回到家乡后，常熟抗敌后援会成立，姚民哀时任后援会常委，曾带领宣传队走乡串镇宣传抗日。可惜他在日军进城后，不知什么原因，并没有退避逃难，却仍居住在西泾岸住所，并充任汪伪常熟绥靖队司令部秘书。据归梦熊在《抗战时期的伪常熟绥靖队》一文所说，他与姚在司令部是前后任职的同事，认为姚自负才兼文武，而未能飞黄腾达，郁郁不乐，因而精神失常，行动莫测。归梦熊的看法有一定依据。因为姚从9岁时便走江湖学说书，他天性不甘人后不甘寂寞，他要学汪精卫热血事君主。况且，姚民哀当秘书不是第一次了。前面已述，他早在1912年时便参与党人暗杀活动，也当过淞沪光复军秘书，的确是个文武兼备的人才。然而，这一次的姚民哀参与汪伪活动，却没有得到好下场了。1938年秋的一天，姚受伪司令徐凤藻的指派，乘车带着一份据说是"剿匪计划"（又说是一份情报，但谁也说不清）赴上海，在常熟古里一个叫鲇鱼口的路上，被一支抗日游击部队熊剑东支队所抓获，四天后被枪杀。可惜了这个以弹词名角和小说家称雄的才子，他只活了44岁。乱世之中，没有什么法律公正可言，也没有专门的审讯法庭，被熊剑东部处决的不但有像姚民哀这样证据确实的伪职人员，就是一些没有证据的嫌疑人员也被就地正法了。

郑逸梅先生在1981年出版的《南社丛谈》中，感慨地说："姚民哀晚年精神失常，抗战时死于乱军之中。"纵观姚的一生，他幼年有大志，有民族主义思想，倾向革命，反对南北议和，是汪精卫和柳亚子的积极追随者。他的事敌行为，有可能是受了汪精卫"曲线救国"理论的影响。因为，在姚的信条中，汪是个反清的英雄，也是个诗词文学的导师，汪的一言一行，可以成为他行动的楷范。因而，姚的变节，很有可能与汪的变节有关联。

世界上的事是极为复杂多变的。尤其是人的行为和思想，随着时势和环境，发生着意想不到的变化。姚民哀死在那个所谓的抗日游击队熊剑东司令的手下。这个乱世中的熊司令又是个什么货色呢？熊毕业于日本士官学校，1924年学成回国，在海轮上，有同乡问所学何术？熊答曰：杀人术。熊剑东早先是国民党情报特务，抗战时为六县游击司令，在江南和日本鬼子打了几次小仗后，便溃不成军。熊在上海购买枪支时，被日本宪兵队抓获。因为日宪科长冈村是他在士官学校的老师，他便逃过一劫，关了一年八个月，投靠日本人，摇身一变，成了周佛海的副手。同样事敌，熊剑东的结局便大不一样。姚民哀有好文才，有好口才，苦于当时没有加入任何党派，是一个没有政治背景，没有枪杆子撑腰的小个子书生，估计身边连一支勃朗宁手枪也没有，哪里是狡诈凶狠专攻杀人术的特务头子的对手。再者，他的个性是耿直的，生死悬崖万分危急之时，他也不作任何辩白，于是，白白把44岁的生命轻抛，大风大浪中没有翻船，却死在了百口莫诉的乱世之中。

  我们可以设想这样一个情景，在夏日炎炎之午后，黄沙滚滚的乡间公路蜿蜒地穿过青纱帐，一个瘦瘦的矮矮的中年人被游击队拖下绿色的军车。他太矮小了，使人误以为他就是小日本鬼子。当初补白大王郑逸梅不是就在上海滩上取笑他"侏儒其体，脚小人小棺材小"吗？如今可正是因小得祸了，于是，在太阳升起来的时候，他便被枪决了。没有观众喝彩，没有三弦琵琶，一代西厢便陨灭草莽。他也没有辩白什么，也无法辩白什么，也没有人会相信他在乱世中的辩白。一个曾在青红帮会和流氓武夫中跌摸滚打过的小说家，生命便在这片青纱帐中，从人间蒸发了。他的死，至今仍是乱世中的一桩悬案。

脉望雅韵
——读史札记之七

2000年秋季的某一个夜晚，常熟北郊外报慈浜畔有一个雅名叫"半亩园"的废弃花园里，出现了少有的哄抢事件。事情的原委很简单，花园中那一棵四百年的红豆树结籽了。秋风秋雨吹落了成百上千的硬壳豆荚，大大小小如血如焰的红豆散落在围墙内外，引得路人纷纷捡拾。到第二天清晨，更有好事者爬进废园围墙内，大肆掳掠哄抢。有的公然就在路边向人兜售红豆，大的10元，小的8元，一时间城内便有上千粒红豆在交易转手。这原产地在亚热带的红豆树移栽于常熟后，一般开花在四月，结籽在九十月间。红豆树开花不是年年有的，有时候七八年来一次，有时候三四十年开一次。钱谦益红豆山庄那一棵便是隔了十二年才开了花，当年只结了一棵红豆，弥足珍贵。无怪乎陈寅恪先生在云南昆明觅到了古董商的一粒常熟红豆，会喜欢异常了。常熟一共有红豆树七棵，树龄一般都在三百年以上。笔者曾在1999年春天的曾园里，亲眼见到那棵三百多年的红豆树开出淡黄色粉白色的小花，花儿缀满了大树的全身，青葱的绿冠如荫如盖，像少女亭亭玉立，照看着春天的雾光岚色。

而在北郊那个已经荒废了数十年的名园——半亩园旁，本来是一处江南著名的藏书楼——旧山楼，可惜也已经是荒草萋萋无人料理了。因为这旧山楼的藏书，在中国近代私人藏书的历史长河中，有着极为重要的一段光辉历程。被郑振铎誉为"国宝"的《脉望馆钞校本古今杂剧》，便是在民国初年某一个月黑风高的的夜晚，从一点也不懂国宝价值的赵氏后人手中，三文不值两文地流出了旧山楼，最后落入缃素楼主人丁芝孙的手中。

中国古代文人好以"虫"自比。有两种虫最为人所称颂：一种是"鞠通"，古琴中的蛀虫；一种是"脉望"，古书中的蛀虫。清代小说家钮树玉有一雅联："鞠通夜抱朱丝静，脉望朝含绿字香。"旧文人与新文人有没有区别？或说有，或说没有，其实这并不重要。文人骨子里的东西是不因新旧而能分别的。譬如他们共同的梦，共同的对美好事物的追求，哪怕献出一生的财富和心血，也要去实现这南柯一梦。中国历代的藏书家，屡藏屡散，屡散屡藏，前赴后继，薪尽火传，便体现了这样一种传播文化精粹的气度与情操。

凡文学大家，必学富五车坐拥书城。旧时代，文人墨客流连于秦淮河上，傍岸画舫，旧家亭苑，幽期密约之所，有艳姬娇娘弦索叮当，便有好事者把校书房题作"鞠通"雅号。也有自命清高的艺妓名媛，对着满架线装古书，喟然唱出"脉望"的芳名。把心爱的琴书冠以蛀虫的别称，雅到了极致，情到了浓处。

旧山楼的明代杂剧抄本，上溯其来源，便要追索到明代万历年间的藏书家赵用贤、赵琦美父子了。赵家的故居在常熟虞山镇南赵弄，名叫脉望馆，也是他们私人的藏书楼。脉望馆经过几百年的风雨侵蚀，目前保存有书厅三间，坐北朝南，有小天井和湖石花木遗物。脉望馆第一代主人是赵用贤（1535年生，1596年卒），他是万历年间名臣张居正的政敌，也是腐朽的明王朝末期一个封建礼教所称颂的道德英雄。赵用贤在明代隆庆年间考取进士，官至吏部侍郎。他曾管理过皇家图书，见到了大量珍藏版本，好学不倦，手不释卷，凡秘本、善本，借抄无虚日，积累了大量的手抄珍本，总数有2000余种，近万册。

这里有必要指出，在明朝近三百年的专制统治中，朱姓王朝自始至终都充溢着一种暴戾杀戮之气。所谓的士大夫阶层，怀着惶恐的心情，注视着权力的铁腕，自身不堪一击的腰肢随时会被掐断。于是，便埋首于学问的修炼和艺术的享乐。明洪武年间，诸藩王就封，朱皇帝便赐给杂剧一千七百种，让子孙在藩地静心看戏，免操权力之心。当时"御戏监"藏曲多至三四千种，故朝廷士大夫都以钞藏元代杂剧为风尚。任何一种艺术样式的提倡，都与统治阶级的嗜好密不可分。说上行下效也好，说谄媚时尚也好，总之，赵用贤这个相当于如今中央组织部副部长的干部，他的业余爱好，便是和儿子赵琦美共同抄书校书和刻印善本，甘心作一个勤勉的书蛀虫。赵琦美号清常道人，以父荫官至刑部贵州司郎中。父子两人所抄的书，一小部分借诸内府，称"内本"；大部分借自山东于相国儿子于小国的家藏古本。赵用贤死后，赵琦美似乎对官场的黑暗内幕更有清醒的认识，挑灯夜抄，损衣削食，达到了一种废寝忘食的境界。经赵琦美亲手抄校的元明两代的剧本有242种，共装订了一百册，收集有马致远、王实甫、关汉卿、费唐臣、宫大用以及无名氏等的曲本，其中元曲有29种，均为海内孤本。这242种（可能还不止这个数）剧本，赵琦美用了多少时间抄校完呢，据本子上的起始日期计算，大约开始于万历四十二年（1614年）冬季，迄于万历四十五年十二月间。当然，有些本子是赵琦美花钱请人抄写的，但所有的本子都是他本人对照原稿一字一句校对的。为了父亲的遗愿，他一刻也不敢松懈。

在赵琦美14岁时，也就是万历五年（1577年），明朝的中央权力机构发生了一件大事。而他的父亲赵用贤，首当其冲，不可避免地卷入了这一场差点要了他性命的政治风波。赵用贤时年42岁，当时在北京的中央政府中担任翰林院检讨的清流职务。张居正时年52岁，是万历皇帝最信任的内阁首辅，正食不知味地为挽救行将就木的大明朝之颓势，在全国雷厉风行地推行其"一条鞭法"。张居正的权力炙手可热，赵用贤只是个微不足道的言官。但在这个明朝，偏偏就有一批以被打屁股为光荣的文人士大夫立到了张居正的对立面，与他叫板，给他难堪。事情的起因很突然：万历五年，张居正的父亲张文明在湖北江陵病逝。按照礼法，张必须回江陵守孝三年。但年轻的万历皇帝才即位五年，当然不愿意忠心耿耿又有治政威严的爱臣离开京城，于是他立即下诏，留张居正在京继续当他的内阁宰相。于是，朝中一批对张居正所推行政策素来不满的词臣和言官，其中就有赵用贤在内，以及资深的重臣如邹元标、吴中行、艾穆、沈思孝等人，世称"五贤"的便是，一起发动了弹劾张居正的活动，认为张是"奉旨夺情"。这里，士大夫们玩了一个巧妙的文字游戏，即反对张居正，但并不反对皇帝小子本人。小皇帝是好的，小皇帝是英明的，小皇帝是为国家社稷着想的，只有你张某人太不知趣了，缺了你难道天上就不下雨了吗？连皇帝的假客气你也照样领情了，竟然连"忠孝"不能两全这个伦理也不顾了，你真是霸道之极了。于是，高高的庙堂里再一次出现了大臣之间你死我活的道德斗争。

费振钟在专门论述晚明文人行为操守的《坠落时代》一书，是这样揭示"夺情事件"的："'夺情'事件将士大夫文人分成了拥护派和反对派，拥护派不必说多是一些深知张居正热衷政权因而借机效忠的人，反对派则拿了纲常伦理来攻击张居正及其拥护者违背人情常节、不爱不孝；拥护派一个接一个上疏慰留，反对派自然也一个接一个上疏要求皇帝下令让张回家奔丧。由于张居正本人的倾向性态度，反对派的失败在预料之中，他们中最坚决的五个人受到了廷杖惩罚。……反对派中间受杖刑颇重的翰林院检讨赵用贤，把腿上打烂了的肉割下来风干，以作为家族的光荣传统留示后人。他与另一个受刑者翰林院编修吴中行被逐出北京时，有人分别送他们犀牛杯和玉杯，犀杯上铭刻着'文羊一角，其理沉黝，不惜刻心，宁辞首碎？黄流在中，为君子寿'；玉杯上则刻着'斑斑者何？下生泪；英英者何？蔄生气。追追琢琢，永成器'。都是对他们品行和节操的赞词，可见在一些士大夫文人眼里，他们已经是当世令人崇敬的道德表率。"

自命清流的赵用贤天真地要求万历皇帝遵守道德法则，结果却受到了廷杖和撤职罢官的严厉处分。但作为一个热衷于保存和传播文化的藏书家，他的功绩并不在于家中高挂一块风干的腿肉，更重要的是他让元明杂剧的精华部分通过儿子赵美琦而得以留传下来。在赵用贤于万历二十四年死后，赵琦美独力支撑了脉望馆的藏书事业达二十八年。据赵琦美手编的《脉望馆书目》，其藏书达 5000 种，总数达 20000 册。天启四年（1624 年），赵琦美死了。他藏之于武康山中的全部书籍，便为常熟钱谦益所得。从此，赵氏藏书，转为钱氏藏书。在钱谦益《初学集》中有《刑部郎中赵君墓表》一文为证，文中说：赵琦美向钱谦益叹息，平时喜欢谈论用兵，想为朝廷所重用，可惜如今老迈力衰，没有机会了。武康山中有老屋数间，收藏了几千卷书籍，你有志于修史，我可以把这批书送给你。你史书写成给我看一下，我便终生无恨了。是年八月，赵琦美回到京城，便分几次将藏书寄放于钱家。赵琦美于天启四年正月十八日病逝于长安邸舍。

这是脉望馆所藏《古今杂剧》第一次传承有绪的开始。它从脉望馆移至绛云楼，可谓宝剑赠英雄，鲜花送佳人，适得其所，门当户对。当时的钱家，是常熟城里的第一等豪门大户，钱谦益又是万历三十八年的探花，权倾一时，富甲一方，自然有经济实力收购赵家的珍贵藏书。钱的绛云楼因藏有半部北宋司马光《资治通鉴》手稿而名满江南。钱氏绛云楼于清顺治四年（1650年）失火烧毁，大部分宋元秘籍都焚之于火。所幸，二百四十二种古今杂剧未遭不测，保存完好。钱死后，绛云楼的未毁之书赠给钱的侄子钱遵王，钱著有《也是园书目》记录此事。钱的藏书楼有"述古堂""也是园"两处。不过，这些元明杂剧本子，是否就一直深锁书楼秘藏不宣，也是令人存疑的。因为，这套装订成一百册的抄本，其中《孟母三移》一本中有董其昌的序跋四则。董其昌有一则写道："崇祯纪元二月之望，偕友南下，舟次无眠，读此消夜，颇得卷中之味。"崇祯初年，此书早已归于钱谦益。而钱谦益当时在北京的明朝中央政府中担任礼部侍郎之职，与尚书温体仁党争十分激烈。当时已经名满江南名动京师的大画家董其昌，很可能也是钱倾心结交的对象之一。所以，百册抄本借给董思白披阅或抄写，也不是没有这个可能。钱谦益有《跋董玄宰与冯开之尺牍》，文曰："冯祭酒开之先生，得王右丞江山霁雪图，藏举快雪堂，为生平鉴赏之冠。董玄宰在史馆，诒书借阅。祭酒于三千里外缄寄，经年而后归。祭酒之孙研祥以玄宰借画手书装潢成册，而嘱余志之。神宗时，海内承平，士大夫回翔馆阁，以文章翰墨相娱乐。牙签玉轴希有难得之物，一夫怀挟提挈，负之而趋，往复四千里，如堂过庭。九州道路无豺虎，远行不劳吉日出。呜呼！此岂独词林之嘉话，艺苑之美谭哉！祭酒殁，此卷为新安富人购去，烟云笔墨，坠落铜山钱库中三十余年。余游黄山，始赎而出之。如丰城神物，一旦出于狱底。二公有灵，当为此卷一鼓掌也。"这篇清通大度的古文，至少说明了一个问题，董其昌读书赏画的热忱。为了一睹名画之丰神，愿意传书三千里之外去借阅。另外，作为主要以收藏宋刻精版为目标的钱谦益来说，当世之抄本，毕竟不能算是珍贵的文物。他完全有可能借书给董思白，让他过一过读传奇之瘾。

私家藏书，聚聚散散，本是常事。但重要的珍本孤本，如果流入不懂文化的俗人手中，好比嫁女嫁错了郎，等同于陷入无情的兵灾水火，的确是文化史上令人扼腕痛苦的事。《古今杂剧》总算在最初的流通中都是碰到知音。钱谦益是高山流水的知音，其后的钱遵王也是慧眼独具。钱遵王之后的名花得主，据赵苑香文中所称，是泰兴人氏季沧苇。但赵文没有说清这季沧苇是什么时代的人，是用什么办法得到这一百册《古今杂剧》的。其实，这季沧苇是和钱谦益、钱遵王同时代的人，但属于晚辈。他生于1630年，死于1674年，顺治四年进士，授兰溪令，历任刑部、户部主事，官至御史，两任谏官，是有很高天赋的诗人，年龄比钱谦益小48岁。在钱谦益《有学集》卷十七中，收有《季沧苇诗序》。从序中得知，钱谦益于清顺治十一年（1654年）中秋乘船过兰江时，季沧苇慕其名，持诗集上船请教。钱在船上与季交谈，发现其极有才华，大为赞赏。这兰江，可能就是往浙江金华经兰溪的一条大河，因为当时钱谦益第二次赴金华策动马进宝反清，他四月从江南出发，一直到深秋才回到常熟红豆山庄。从时间上推断，季沧苇当时就在兰溪任县令，正好有机会结识当代大儒钱谦益了。

在《季沧苇诗序》中我们注意到，钱对季这位后生晚辈，不独独在诗歌上有期望，还希求他有更多的发展。

关于钱氏绛云楼藏书的散出，清代咸丰六年状元、常熟人翁同龢在《宋刻婺州九经》跋中说："绛云楼未火以前，其宋元精本，大半为毛子晋、钱遵王所得，毛钱两家散出，半归徐健庵、季沧苇，徐季子书，由何义门介绍归于怡府，藏之百年。"这里翁同龢也提到了季沧苇。季家有钱财，江南豪门散出的大量宋版元本，都收入其家中。钱遵王述古堂珍本大都也被季收购。黄丕烈在清嘉庆乙丑年为其刻印了《季沧苇藏书目》，主要是以宋元精刻的善本书为主，其中明刻钞本中有钱氏《初学集》三十卷，但并无《古今杂剧》目录。

有关元代文学作品的诗文集,仅见《元曲三百种一百本钞》。据郑振铎称,此书即《脉望馆钞校本古今杂剧》。这也说明,季沧苇作为晚明至清初的江南大藏书家,其藏书的最高品味在于宋刻,元本已属中等,明钞本似乎属于下等,不屑与宋刻为伍。所以,在炫耀世人的善本书目中,明刻本钞本尚不能与之比肩,所以连细目也不载。季沧苇的藏书,后来被何煌所收。何煌之后,此书归于黄丕烈。黄氏士礼居藏书散出,此书为汪阆源所有。汪阆源之后,有的人认为即传接于赵家的旧山楼,有的人认为其中还隔有一个环节,即有可能是给北京的怡亲王府收藏了百年。因为,汪家藏书的散出,是在咸丰十年左右(1860年)。但是,《古今杂剧》是否到了怡亲王府中,不得而知。约在同治初年,也就是这批元明戏曲本子无声无息了约百年左右,翁同龢在北京偶然得到一个消息,怡亲王的后代端华,因参与了肃顺集团,受到慈禧太后赐死的处罚。于是怡府百年聚集的大量珍贵书籍,便散落于书商和琉璃厂古董铺之间。王府这批藏书太丰富了,一两个藏书家,休想一网搜罗。于是,翁同龢与吴县潘文勤、山东聊城人氏杨绍和、杭州朱学勤共同分享了这批藏书。翁同龢特地在他北京东单牌楼二条胡同的东院,专门辟了一间藏书房,并为此编了一本《东堂书目》,但其中无有《古今杂剧》。与翁同龢同在北京做官的有一个常熟人叫赵宗建,字次侯,咸丰时官至太常寺博士,平时的主要工作便是管理皇家的图书。他的这个职务有点和赵用贤相似,但据考证他的家谱,他并不是常熟赵家的后裔,祖先是从江阴迁至常熟的,并在虞山北麓修建了"半亩园"。后来赵家又造宝慈新居,在园中最高朗处,另辟三楹楼房,为旧山楼,供藏书读书之用。园中植白皮松、红豆树、各色红梅,有"墙头沽酒台"景观引动名流公卿到访。赵次侯与翁同龢是同年朋友,在北京时,两人也喜欢往琉璃厂搜寻古本秘籍。这赵次侯眼光高远,因为他是在皇家图书馆工作,所接触的都是宋元精刻抄本。几年官场,宦囊也丰，他收藏到了不少好书，其中就有南宋馆阁墨本《太宗皇帝实录》、司马光《资治通鉴》、朱子写《大学章句》以及钱谦益日记信稿和《红豆山庄杂记》等极为珍贵的手稿。赵次侯或者赵家祖先何时获得《古今杂剧》，至今也无实证，估计最迟在同治年间。因为，季家的藏书散出，其接收者是何煌。何煌之后，便是大名鼎鼎的黄丕烈。黄丕烈生于1763年，死于1825年，字绍武，号荛圃，江苏吴县人。乾隆五十三年举人。一生以藏书校书为业，自号"书魔""书淫"，藏书楼便是乾嘉年间江南最著名的"百宋一廛"。他的藏书，宋本元抄，大部分来自常熟三位学者的藏书楼，即毛晋的汲古阁、钱谦益的绛云楼、钱遵王的述古堂。可惜，世上私人的物品，无论是玉版银经还是石函铜鼎，从来都是聚之难而散之易。像瞿氏铁琴铜剑楼五世而续的藏书谱系，实属罕见。黄丕烈的珍藏连同他花费无数精神与心血的识跋，在道光初年便全部散尽。其接收者便是苏州人汪阆源。汪阆源的父亲汪文琛在苏州城里开设益美布号，富甲一方，平时不赌不嫖，生平唯一嗜好便是附庸风雅广收图书。吴中藏书巨擘，除了黄丕烈之外，还有周锡瓒、袁廷涛、顾廷逵等家的古籍，也悉数归其所得，著有《艺芸书舍宋元本书目》。汪家的藏书，包括黄丕烈散出的百余册珍贵的宋刻本和《古今杂剧》在内，也不过像烟云般在艺芸书舍停留了四十余年，在咸丰十年左右，尽数散出。汪家传出的接力棒递给了谁？它又回到了常熟人的手中。据1957年上海古典文学出版社出版的赵宗建在光绪二十六年前编定的《旧山楼书目》，《古今杂剧》六十四册赫然列于书目，并旁注云：清常道人校抄补半元明刊，黄荛圃长题。翁同龢于1898年7月罢归故里，至赵宗建于1900年6月逝世，两年中两人往来密切，几乎隔三岔五，就要相聚招饮一次。不是翁同龢从城西往城北报慈山庄，便是赵宗建从北门老宅绕山到白鸽峰看望翁同龢，有时下大雨落大雪，都无法阻挡两位七十老翁的相聚步履，都无法分割两个老书生朴实无拘的友情，切磋书画，诗酒闲话，成了生命中黄昏时光最美的支撑。翁家与赵家的关系来自父辈。翁同龢父亲翁心存青年时便在赵家做私塾老师，赵宗建受业于翁心存，而赵家又有恩于翁家。但奇怪的是，在两人两年的交往中，赵从来没有向翁同龢提及有关《古今杂剧》的抄本，翁同龢日记中提到数次在旧山楼赏书之事，也只是以碑帖名画为主。翁与赵都是见过宋元秘籍无数的大学问家和大藏书家，可以这样解释，明抄本的《古今杂剧》，在他们眼中，也只不过是三百年前的旧物，从版本角度来看，平平而已。另外，需要补充说明的是，为什么万历四十四年时由赵琦美装订的一百册《古今杂剧》，到了光绪二十六年赵宗建的《旧山楼书目》，便只有六十四册呢？据郑振铎分析，三百年来几次移换主人，这批本子不可能没有散失。脉望馆杂剧原来究竟有多少种，已不可知。据钱遵王《也是园书目》则有三百四十种。季沧苇书目定为三百种一百册，但到了黄丕烈手里，仅存六十六册、二百六十六种，已少了七十四种。再到了汪阆源手中，又少了二十七种。所以，赵宗建的《旧山楼书目》上只列六十四本。剧本总数是二百四十二种。这便是郑振铎所最终看到的全部。引起我们注意的是，赵宗建的《旧山楼书目》，它所开列的目录，其重点在宋元善本。而这善本与非善本的界限，照缪荃孙的要求，便是有四条原则：刻于明末以前者为善本；钞本不论新旧皆为善本；批校本或有题跋者皆为善本；日本及高丽重刻中国古书，不论新旧，皆为善本。这样，《古今杂剧》便在善本之列。

赵家的大量珍藏散出，一是子孙争产，二是军阀破坏。据沈传甲《关于古今杂剧流传的秘闻》称：书之聚散存亡，有人巧取豪夺。约在民国初年，赵家叔侄不睦，争夺藏书。有叫家人将书籍置于柴筐中，偷运到城中卖给书肆。此种丑事被一些喜欢古籍的乡绅知道了，便相约到旧山楼观察风色。常熟城里的收藏大家丁祖荫也侦知此事，便提前来到赵家，看到赵氏妇孺辈对古籍之珍贵价值毫无所知，便以低价将《古今杂剧》等书占为己有。据说，丁祖荫购得此书后，为掩人耳目，将此书藏在自己所乘的轿子坐柜中，带回城中，密藏于自家的缃素楼，并绝口不提所购之书的名目。他还在书上题跋，有人说他是故作烟云，曰："初我曾见我虞赵氏旧山楼藏有此书，假归，极三昼夜之力展阅一遍，录存跋语两则。卷首尚有所谓元刊明刊杂剧曲目，又也是园藏书《古今杂剧目》，《古名家杂剧目录》，《刻元人杂剧选目录》，待访古今杂剧存目及汪氏录清现存目录十四纸，时促不及详录，匆匆归赵。曾题四绝句以志眼福。云烟一过，今不知流落何处矣。掷笔为之叹息不置。'容台脉望小神仙，炳烛丹黄待漏前，点出盛明新乐府，神宗皇帝太平年。武康山下鬼声哀，也是园中历劫来。何事明珠遗百一，不随沧海月明回。未谙音律老莞翁，甲乙分题箧衍中。此是清常编定本，纵然异曲也同工。词山曲海等尘沙，散入汪黄又赵家，莫向春风笺燕子，更谁能唱后庭花。'"

民国甲子年（1924年），江浙齐卢军阀交战，战火所及，使常熟北门外的旧山楼赵家损失惨重。赵家所有亲属都逃离庄园，园中便成了军队的驻扎地。事后，家人回到园中，见大量古籍散落于马厩草丛间，一片狼藉，名园荒废，藏书荡然无剩。丁祖荫巧取豪夺，既是坏事，也是好事。他早早将所需善本书籍全数带到了苏州，避过了军阀战火的灾难。也就在丁祖荫带了《古今杂剧》这批书移居苏州之后的六年之后，他终于耐不住藏书家得宝之喜悦，在国立北平图书馆月刊第三卷第四号上发表了上述题跋一文，将《古今杂剧》尚在人间的消息，若隐若现疑阵四布地透露出来。可是，在急需觅到此宝的郑振铎追问之下，丁氏极力否认有藏此书。郑振铎事后恨恨地说，丁氏所言"不知流落何处"均是英雄欺人之谈。

丁祖荫在1930年十一月病逝于苏州，离他发表题跋只隔了不到一个月。也许，上天要酬谢郑振铎寻找元明杂剧珍本的诚心。也许，丁氏的欲盖弥彰，只是要在适当的时机以适当的方式显出真相。7年之后，丁氏的藏书终于浮出了水面。1937年日寇攻陷苏州时，丁家藏书被其生活困窘的后人以每本一升米的价格售出。苏州"来青阁"书商也分批收购了丁氏的部分藏书，其中便有郑氏梦中情人一般苦苦追索不得的242种、共计六十四册的《古今杂剧》。郑氏在上海得到讯息，冒着日本鬼子搜捕的风险，立即赶到苏州来青阁书庄，千方百计筹措资金，以九千银洋的代价，为北平图书馆收得全部此书，终于了却了将此国宝归国家所有的心愿。郑氏为收藏此书可谓情有独钟呕心沥血，他是这样评价242种《脉望馆古今杂剧钞校本》的："这弘伟丰富的宝库的打开，不仅在中国文学史上增添了许多本的名著，不仅在中国戏剧史上是一个奇迹，一个极重要的消息，一个变更了研究的种种传统观念的起点，而且在中国历史，社会史，经济史，文化史上也是一个最可惊人的整批重要资料的加入。这发现，在近五十年来，其重要，恐怕是仅次于敦煌石室与西陲的汉简的出世的。"

认同文化历史的延续，是文化人心目中永远飘扬的风帆。从脉望馆到旧山楼，从绛云楼到缃素楼，一代代的传人像《景德传灯录》中的高僧一样，以心传心，心心念念，以身为薪，心心不停。于是，文化典藏的香火，便像暗夜天幕上的繁星，永远闪烁着光芒。常熟，常熟，她远古的英名她今世的光荣，不是沙家浜，不是芦苇荡，而是她地杰人灵，她的脉望馆，她的藏书山庄。

黄宾虹笔下的常熟画家

黄宾虹是晚清民国著名的画家,当时有"北齐南黄"的说法。其实,从地域上划分画家的艺术风尚,也是一种低级的标签。齐白石是湖南人,绘画的本领是在湖南湘潭学成的。黄宾虹生于浙江金华,原籍安徽歙县,早期师法新安画派。他很长一段时间在上海谋生,后来又到北京艺专当美术老师。他在上海商务印书馆当编辑时,广泛搜寻中国古代画史,1925年他60岁时出版了《古画微》一书。这是一部简明的中国绘画史,是一个内行的画家,写出的画论与画录。所以,从艺术史的角度来考量一个画家的贡献,黄宾虹胜出同时代画家。

《古画微》考证了不少古代常熟籍的画家,或者说是长期生活于常熟的画家。这对于绘画史提供了大量的实证。黄宾虹年轻时就是秀才出身,古学功底深厚,经史子集多有涉猎,文章也写得好,他还仿照石涛《画语录》,辑录了一本《黄宾虹画语录》。

中国历代画家能写入史册的,并不多。文章可传千古,名画难以流芳百世。为何?一个重要的原因,古代雕版印刷技术落后,文字可印书复制，图画难以绘彩。所以，除了皇家保管了大量书画，民间很少能将图画长期保存。当然，寺院壁画和佛经版画，另当别论。

所以，青史留名的画家，自两晋六朝到唐朝，是屈指可数。到了宋代，虽设画院，名家还是凤毛麟角。元代略有规模，到明代便蔚为壮观。清代是蜂拥而出，到现代更是百万大军了。什么原因？因为画家可以印画册了，从晚清的珂罗版开始，画家终于可以靠印刷画册快速出名了。

一

在黄宾虹的眼中，元季四家中的魁首，非黄公望莫属。因为，元代是画家生存极为艰难的时代。"九儒十丐"，这就是汉族知识分子的待遇。宋遗民·郑思肖《心史》："一官、二吏、三僧、四道、五医、六工、七猎、八娼、九儒、十丐。"谢枋得《叠山集》："滑稽之雄，以儒者为戏曰：我大元典制，人有十等：一官、二吏，先之者，贵之也，谓其有益于国也；七匠、八娼、九儒、十丐，后之者，贱之也，谓其无益于国也。"

所以，黄公望年轻时就追求的是功名，而并不是画名。画画是业余玩票。可惜，元朝蒙古人对于汉族知识分了的压制，使黄公望科举考试的愿望一次次落空，最后只得屈膝加入全真教，保全一个活命之身。

目光深邃的黄宾虹是这样评价黄公望的："古人作画，皆有深意，运思落笔，莫不各有所主。元四家多师法北宋，笔墨相同，而各有变异，其主意不同也。黄之久师法北苑，汰其繁皱，瘦其形体，峦顶山根，重加累石，横其平坡，自成一体。"

黄公望师法北苑，北苑就是北宋的董源，善于画江南真山真水，画中峰峦出没，云雾显晦，岚色郁苍，枝干劲挺，宋代人称董源为"画中之龙"。黄公望初学董源的画风，漫游江南山水秀色，入画便呈现一派清丽天然的水墨。

关于黄公望的籍贯，一直颇有争议。最早的史籍称黄为松江人或浙江衢州人。元代钟嗣成的《录鬼簿》称："黄之久，名公望，松江人。先充浙西宪史，后在京，为权豪所中，改号一峰，以卜术闲居。弃人间事，易姓名为苦行净竖，又号大痴。公之学问不在人下，天下之事无所不知，薄技小艺亦不弃。善丹青，长词短曲，落笔皆成，人皆师事之。"钟氏短短百余字，便勾勒出黄公望一生的坎坷行踪，可谓惜墨如金。

说黄公望是浙江衢州人的，是元代画家夏文彦，他著有《图绘宝鉴》五卷，称："黄公望，字子久，号一峰，别号大痴，浙江衢州人，生而神童，科通三教，善山水。居富春，领略江山钓滩之概，性颇豪放，袖携纸笔，凡遇景物，彻即模记。后居常熟，探阅虞山朝暮之变幻。"

黄宾虹是画家，他以《图绘宝鉴》为依据，认为黄公望是衢州人，也无可非议。他更看重的是，黄公望山水画中展现的崭新面貌。黄公望师从董源，但不拘泥于董源固有的模式，而能化身立法，气清而质朴，骨苍而神腴。对于山水画技法的贡献，黄公望不愧为元四家之冠。黄公望后来爱上虞山，一住就是二十年，其原因就是虞山的神态极像他的家乡富春。他一生最得意的笔墨，不是富春山居，也不是天柱飞瀑，而是虞山脚下的吾谷枫林，秋山之胜。他不但有大量的时间去观察虞山一年四季的变化，他还有一双文人画家醉眼蒙眬的眼睛，领略虞山朝雾云霭四时阴晴的奇妙。黄公望的画风，设色以浅绛色为多，青绿水墨为少。由此而形成其山水画的两种风格：凡是作浅绛色者，山头多矾石，笔势雄伟；凡是作水墨色者，皴纹极少，笔意尤为简远。黄宾虹评价黄公望的艺术境界，用了最为"苛刻"的词语给予赞扬:"林下水边,沙碛木末,极闲中辄加留意,归于无笔不灵,无笔不趣。"

一幅山水画,如果是长卷巨帙,笔法何至千万,可以做到无笔不趣,无笔不灵,笔笔生动,气象万千,这是何等高远旷达的境界。有时候,我展阅一幅山水画,用放大镜细察画意和笔触,线条或稚嫩或软弱,可谓纤毫毕现。功力深厚的画家,可做到笔锋不乱,线条顺畅柔和。功力欠差或者随意敷衍之作,笔势和线条就像乱茅柴一样杂乱无章。这就是大家和小作的差别。

艺术作品有优点,也必有瑕疵。黄公望是才华横溢之人,元曲集里选录的几首小令,也是精致可喜。但他的画作,论品位,还稍逊于倪云林。黄宾虹认为,元季高品第一,当推倪云林。什么是高品,就是山水画中飘逸出来的神仙之气,所谓不食人间烟火,真正像腾云驾雾的仙风道骨一般了。这种品评的标准,当然是士大夫的口味。倪云林的山水,笔墨更加疏秀,色泽腻润,并不炫耀色彩。黄宾虹以轻松的语气评说元朝四位大家:吴镇大有神气,子久特妙风格,王蒙奄有前规,而三家未洗纵横习气,独云林古淡天然,米颠后一人而已。

"纵横之气",是指豪爽不守法度,用在绘画的评价上,有点贬义。意思是说,王蒙、吴镇和黄公望的山水画,各自露出峥嵘,能不能遵守一下古代礼法呢?

二

明代有史记载的,常熟似乎没有大画家。还是黄公望的熠熠光芒照亮了江南尤其是吴门四家。沈石田、唐寅、文徵明早期都是临摹黄公望。吴门四家文徵明、沈石田、唐寅、仇英,和元四家似乎有着某种江南山水地域上的传承关系。而这种画坛的接力棒,到了明末的董其昌手里，更是登峰造极了。他在某种渊源上，又是和黄公望同乡。他是华亭人，也就是松江人。董其昌初学董源、巨然，一笔一画不敢走样，非要学出一个样子来。所以，后人评价说："黄子久学董北苑，不似而似。思翁笔笔学北苑，似而不似。"这句话很拗口。说白了，就是董其昌模仿的董源的山水画，样子像，其实精神不像。黄公望学的董源，样子不太像，但精神像。

因为董其昌是晚明举足轻重的文人画家，创立了华亭画派，彻底影响了清代四王的绘画风格。某种程度上来说，董源影响了黄公望，董其昌承绪了黄公望。反过来，董其昌引领了虞山画派和娄东画派。

这时，王石谷诞生了，一颗清代画坛上最耀眼的明星出现了。王石谷是布衣，自学成才，没有去考功名。一个才高八斗的乡下人，没有功名，在清代这样一个只重功名不重才能的专制社会，要想出人头地，似乎绝无可能。但他运道好，机遇永远垂青有准备的人。他遇到了伯乐，就是太仓的王时敏，娄东画派的元老。

艺术流派对青年王石谷的影响是根深蒂固的。董其昌的华亭画派，直接熏染了娄东画派，而王石谷又是依仗娄东画派这棵参天大树，成长为一代大家。所谓中国美术史的"清初四王"，是指王石谷、王时敏、王鉴、王原祁。王石谷诞生于明朝崇祯五年（1632年）。王时敏生于1591年，比王石谷年长41岁。王鉴生于明朝万历二十六年（1596年），比王石谷年长36岁。王原祁生于1642年，他是王时敏的孙子，比王石谷小10岁。太仓和常熟很近，船来船往，虞山和尚湖，归庄和浏河，都是吸引画家爽心悦目的地方。

王石谷16时随虞山画家张珂学画，在此以前已经大量临摹古迹真本，钱牧斋赠诗有"拂水千岩为粉本，小山一亩作比邻"。当时王石谷住在小山，所画的山水画，已经在小城很有名气。王石谷20岁那年，王鉴游历到虞山，地方官员招待这位昔日的知府大人。席间，王鉴问起，虞山有黄公望先贤，不知如今有否传人？正是中秋时分，明月朗照，酒色迷茫，主人拿出一把白鹿折扇，递给王鉴把玩。打开洒金扇面，一派清疏迷离的山水远景，孤帆近影，老树苍劲，像是大痴道人的笔意。王鉴看得呆了半响，连连赞叹："此人了不得，了不得，我要见见他。"当晚，王石谷来到王鉴下榻的寓所，两人一见如故。王鉴还将随身携带的一卷董其昌的山水册页，摊开在案几，共同指点欣赏。

得知王石谷家境贫寒，王鉴愿意接济他。两人一起回到太仓，王石谷就住在王鉴家里。王鉴家学渊源，富收藏，好宾客。王石谷如鱼得水，几个月中，天天临摹古画，学习古人六法，又跟随王鉴游历各地，遍访名师。王鉴还将石谷推荐给王时敏，两人重点培养王石谷，定期给他安家费，让他安心作画。名师指点，再加上天分和勤奋，王石谷就像三年不飞的大鸟，要么不飞，一飞冲天，要么不鸣，一鸣惊人。后来，王石谷被封为"画圣"，被授予"山水清晖"的匾额。他五次精心临摹黄公望的《富春山居图》，又被王时敏的孙子、大画家王原祁举荐到北京，为皇室描绘《南巡图》，在绘画的荣誉上达到了顶峰。这些风光的事情，他的两位恩师都无法看到了。娄东画派的两位主将，王时敏和王鉴，为培植"虞山画派"这棵参天大树，真正做到了"只问耕耘，不问收获"。

王石谷有一个亲密的画友，就是恽南田。黄宾虹是这样评价他的："画格高于石谷，能于石谷外自辟蹊径者，有恽寿平，字正叔，初名格，后以字行，武进人，号南田，又号白云外史，一作云溪外史。工诗文，所画山水，力肩复古，以此自负。及见石谷，后改写生。学为花卉，斟酌古今，以北宋徐崇嗣为归，一洗时习。虽专写生花卉，山水亦间为之。如柯丹邱《古木竹石》，赵鸥波《水村图》，细柳枯杨，皆超逸名贵，深得元人冷淡幽隽之致，而不多作。尝与石谷云：'格于山水，不免于窘之一字，未能逸出于古人规矩法度所束缚。'然南田山水浸淫宋元诸家，得其精蕴，每于荒率中见秀润之致。逸韵天成，非石谷所能及。又手书屡劝石谷勤学，每见其画间题语未善，辄反复讲论，或致呵斥，务令自爱其画，勿为题识所污。"

盛名之下，必有所累。大画家也必有其逊色的地方。清初四王，或者说清初六大家（加上一个吴历，一个恽南田），都是复古的画家。王时敏大半生是在明朝做官，是王石谷的长辈。他学习黄公望和董其昌，不敢越雷池一步。黄宾虹说他："作意追摹，笔不妄动，应手之制，实可肖真。"王鉴，字圆照，在清初四王中，被后人最为诟病。张大千就认为，王圆照之画，滥熟甜俗，学画者大忌。其实，平心而论，王鉴的摹古功夫是第一流的，是明朝董其昌的做法，只是笔锋靠实，临摹神似，或留迹象。接下来，就要说到王石谷的弱项了。黄宾虹论及的对象是"清初四王"，也就是说，在年龄上，王石谷是老三，比王时敏和王鉴相差几十岁，是父亲和儿子的距离。在两王的熏陶和指点下，再加上有如神助的天分，王石谷达到了他艺术的顶峰。不过，他真正成为虞山派的领袖，是在王时敏的孙子王原祁成为娄东派的掌门人之后的事。

王石谷的弱点是，他的文化修养不及两王，更不及王原祁。他们都是进士出身，家学渊源，读书种子。所以，吴历和恽南田都规劝他多多学习文章之道，免得在画上题诗时出乖露丑。

晚年的王石谷，成就大名，画艺超拔。他十分自负："以元人笔墨，运宋人丘壑，而泽以唐人之气韵，乃为大成。"他从宫廷画师职位退居常熟之后，广收学生。家中大厅里，巨大的案几上，摆满了各种各样的宣纸绢帛。画大幅山水，弟子几十人，研墨的研墨，铺纸的铺纸。画树石人物，翎毛奇兽，有专门的学生代笔。石谷立于画稿前，运思凝神，提笔作形。学生画好之后，再由他点染修润。王石谷的学生中，杨晋最为有才，他善于画牛。有一个弟子蒲室子，专门代笔画人物花卉，几乎可以乱真。王石谷带到北京去的学生，除了上述两人，还有一个蔡月远，是福建人，也是擅长翎毛的。

三

与王石谷同时代的另一个大画家就是吴历，字渔山。他居住的巷子里有言子留下的墨井，于是他自号"墨井道人"。这也是个擅长临摹古画的文人画家。吴历的山水画，前后风格变化很大。早年，他专门临摹黄公望和吴兴画家王叔明的作品，笔墨功夫不在王石谷之下。晚年，他到澳门入天主教，画面大量融入云雾弥漫之景。他学习唐寅的技法，落墨豪放，当时就受到王时敏和钱谦益的称赞。王石谷晚年名满天下，有求画者带着重金不远千里到常熟，可谓门庭若市，应接不暇。但作为王石谷的朋友，吴历一点不为所动，照样清洁自好，弹琴咏诗，萧萧然一云鹤而已。

进入清朝中叶，四王相继辞世。但他们的画风却绵延不绝，士大夫业余作画，远学黄公望、董其昌，近学王石谷和王原祁。有句俗谚讥笑此种复古风气："家家学大痴，人人攀一峰。"其中有一个常熟人，却并不在一味复古的烂泥潭中打滚，跳出三界外，自有真功夫。他叫黄鼎，字尊古，号独往客。山水初学于王石谷和邱园，后加入王原祁的娄东画派。他的山水画，笔墨苍劲，气息醇厚，从游历名山大川中吸取自然正气。后世论画者这样评价他：常熟黄尊古，拟古而不袭古。王石谷看尽古今名画，下笔如有神。黄尊古遍游九州山水，下笔添生机。黄鼎还是个有骨气的人。他到陕西终南山游历，年羹尧正在汉中府任职，抬了一箱银锭请他作画。他到府中看到年羹尧如此奢靡排场，头也不回，骑上马，不告而别。黄鼎代表作有《醉儒图》，现藏广东省博物馆。

晚明至清初，有一个很普遍的现象，文人士大夫都是书法能手，信札和中堂留传散播，成为后世收藏的艺术品。太仓王时敏和常熟钱谦益几乎是同时代人，他们都是东林党人，积极地参与了明代后期的政治活动。退居山林田园之后，便寄情于丹青画艺。王时敏和王鉴扶持举荐王石谷，也是和常熟钱谦益的强大的政治势力有关。而钱谦益晚年，也和不少画家来往密切。

黄宾虹在《古画微》中特别提到了两个人。一个是程熹燧，字孟阳，安徽歙县人，侨居嘉定。程有名士派头，喝醉了酒，便赋诗作画。钱谦益新居耦耕堂落成，请的第一位外地客人就是程嘉燧，让他住下来，天天和他讨论古籍版本。钱谦益特别欣赏程嘉燧这位多才多艺的民间画家，称他为"孟阳先生"，听他弹古琴，鉴铜器，铺开一丈二尺的宣纸，请他即兴渲染山水风光。

还有一位民间高手也姓程，叫程邃，字穆倩，自号江东布衣，也是歙县人，常年住在扬州，擅长用枯笔画山水，精于篆刻，家藏丰富。钱谦益为他的诗歌集作了序："新安程子穆倩，能诗，能草书，能画，能篆刻，萧森老苍，迥然有异。"

"江山代有才人出，各领风骚数百年。"这是至理名言，岂可不信？

丁祖荫藏书事略

一、偶见丁氏书目

近日，与同龄友人话旧，适逢常熟图书馆出版精装本《徐兆玮日记》六册，如获至宝。检索之余，说到近一个世纪以前，徐兆玮接任丁祖荫担任《常昭合志》的总纂，不遗余力，搜罗乡邦文献，精抄各类古籍，是百年前书乡常熟的先驱。我不禁想起，丁祖荫不是也有二十册《初我日记》？听说为上海图书馆收藏了。

说起徐兆玮的前任丁祖荫，也是常熟文化史上了不起的人物。他既是晚清民国时期的古籍版本的行家，又是风行上海、江苏和浙江的《女子世界》的主编。他创办并主编《女子世界》杂志十七期后，因财政原因，再转让给鉴湖女侠秋瑾主编。这段历史，已经载入中国百年期刊史。据北京古籍收藏家兼评论家韦力的新书《批校本》称，丁祖荫已被列入中国百名批校家之列。我仔细翻阅有关丁祖荫的资料和他大量的批校古书的目录，尤其是他收藏和批校了

《古今杂剧》六十四册二百四十二种，仅凭这些成绩，便可稳稳地站立于中国书林之巅。

十年前读到丁祖荫这个名字，还是在郑振铎先生的《跋脉望馆抄校本古今杂剧》一文中。我耐心地读完西谛先生的这篇三万余字的跋文，才初步厘清了常熟旧山楼收藏的《古今杂剧》的来龙去脉，从而明白了丁祖荫将《古今杂剧》深藏近二十年的苦心。同时，参阅了苏州古籍批校家潘景郑的《著砚楼书跋》一书，才知道，丁祖荫从癸丑年（1913年）开始，还自撰了一本《丁氏书目稿本》，后来失落于坊肆。潘景郑在1938年得到了此本书目。这是丁祖荫在1913年至1930年之间的购书记录。

事出有因，当我正在图书馆等处询问有关丁祖荫的资料时，有人告诉我，《丁氏书目稿本》已经从上海的藏家手中转入常熟藏家手中，而且的确是从潘景郑后人手中流出的。我屈指一算，从丁祖荫写这本书目的1913年算起，至今已有103年了。2016年6月，我终于见到了这本珍贵的书目，从中摘录了一些珍贵的资料。

这是一本小开本的乌丝栏稿本，蝇头小楷，偶尔用朱笔补充一些文字，看得出丁祖荫是随买随记，每本书的册数和卷数，以及金额，都有记载。大部分书籍的来源，也简明的记录在案。这对于摸清古籍版本的来源和去向，大有帮助。这些状况，基本符合潘景郑在《丁氏书目稿本》跋文中的记载。潘的跋文是这样说的："此先生手写藏目二册，收自吴市，自癸丑以后所得，备录靡遗。一书各详注册数价目，部居杂厕，盖随得随记，非有意于编目之业也。卷末附录所收书法名画，亦多精品。常闻先生得旧山楼藏书居多，此目未录，意所收当在癸丑以前矣。"

不过，我见到的这本丁祖荫的"书目"，只有一册，全部是记载的古籍，并没有"书法名画"。估计"书法名画"记载在另外一册，作附录抄在卷末。潘先生是收藏了二册"丁氏书目"，还有一册不知深藏于何处？

这本丁氏书目的封面已有破损，没有题签。内芯第一页第一行写着："癸丑选购书目。"扉页刻有"景郑寄痕"四字白文印章。封底刻有"状元宰相世家"（朱文）、"文恭玄孙"（朱文）、"少宰第三曾孙"（白文）印章。印章均为篆字。

这本书目中有一部重要的抄本，也赫然在目，即钱牧斋手钞的《大佛顶楞严蒙抄》十卷十一册。丁祖荫注明价格是"银洋600元"。书的来源是"流通处"，而不是外人所说的"旧山楼"。

二、《女子世界》主编

丁祖荫于1904年在上海创办杂志《女子世界》，这是晚清中国的第一份以妇女平等为内容的杂志。《女子世界》1904年1月17日在上海出版第一期，至1906年1月出版第16、17期合刊，总共17期都是由丁祖荫主编。

有关这一段历史的考证，北京大学中文系教授夏晓虹有多年的研究成果。她在《晚清女性与近代中国》一书中，有专门的篇章论述。该书第三章《晚清女报的性别观照——＜女子世界＞研究》，详细考证了丁祖荫主编此刊的来龙去脉，为我们描绘了常熟人在上海办理杂志的前梦旧影。

本文节录该书第三章第一节《刊物的编辑、出版与发行》

"公元1904年1月17日，一份取名为《女子世界》的新杂志在上海出现。第一期封面右下方印有'每月一回，朔日发行'的提示，可知编辑同人属意于月刊。刊物售价，每期两角，全年十二册为二元，邮费另加。这个价目到第二年第一期（即第13期）调整为每期二角五分，全年十二册为二元五角。

"《女子世界》第一期的编辑所注明为'常熟女子世界社'，而无具体社址。不过，从该期刊登的《海虞图书馆新书出现》的广告，也说明该刊与常熟知识界关系密切。同样令人注目的是，这份由常熟人编辑的杂志，其通讯处却与发行所合一，均为上海棋盘街大同印书局（第 8 期后，书局迁至四马路惠福里），这也是海虞图书馆新书的总发行所。由此可推知，该刊前期的编辑工作实际是在上海完成的。第 9 期以后，杂志改由上海小说林社发行，编辑所的地址则加注为'常熟寺前海虞图书馆'。

"1904 年秋，丁祖荫、徐念慈与曾朴（字孟朴）在上海创办小说林社。《女子世界》自 1904 年第 9 期起，改由刚刚成立的小说林社发行。可以想见，创立之初的小说林社需要资金投入，加之原先已有的各代派处拖欠报款问题严重，因此，《女子世界》从第 10 期开始出版延误。而 1906 年 12 月，由丁祖荫发行、浦凤昌编辑的《理学杂志》的创刊，则是《女子世界》在 16、17 期合刊后停办的直接原因。"

据夏晓虹考证，总共出版的 17 期《女子世界》中，丁祖荫（别号初我、初园）撰写的文章数量名列前茅，除了第 3 期之外，"初我"之名每期必见，遍布杂志的各个栏目。凡译林、附录、教育、实业、谈薮、文苑、传记、社会等专栏，无不显示丁祖荫的写作才能。这一方面是作者短缺，稿源不足的原因，一方面也是逼使主编在版面的舞台上大展拳脚大显身手。丁祖荫写作《女子世界颂词》时，把最高的赞颂留给了"女子世界"：吾爱今世界，吾尤爱尤惜今 20 世纪如花如锦之女子世界。

三、潘景郑与丁氏抄本

苏州版本学家潘景郑（1907—2003 年），与常熟丁祖荫（1871—1930 年）在苏州相识。两人是忘年交，因志趣爱好相同而结识。丁祖荫比潘景郑年长36岁。两人密切交往于1927年到1930年间。当时，潘景郑还是个小青年，跟在苏州藏书家邓孝先和宗子岱身后，一起到丁祖荫在苏州公园路的书房，聆听老前辈畅谈古今沧桑。

在丁祖荫的家里，潘景郑见识了不少好书。例如：丁祖荫手抄的《河东君逸事》，丁祖荫传抄本《琴川志》、抄本《投笔集》等数十种。

潘景郑1957年出版了《著砚楼书跋》一书。他在自序中说，从1922年起，至1936年止，十五年中，他已经积书三十万册，石刻碑拓二万通。可惜在1937年后遭日寇战火掠夺，损失过半。

《著砚楼书跋》一书有300余篇序跋，我从中选录了潘景郑关于丁祖荫抄本的序跋8篇。为何？因为这些序跋对于研究了解丁祖荫的藏书兴趣，是第一手的资料。潘景郑对于这些抄本，不但收藏了，还研究了它的来龙去脉。这对于我们研究民国年间常熟藏书家和藏书楼的演变和流散，不无益处。

我认为，潘景郑有关丁氏抄本的序跋中，最有史料价值的是两篇。一篇是：《丁氏书目稿本》，另一篇是《丁芝孙古今杂剧校语》。写序跋者，不但需要通读全书，审核古书内容，还要判断古书的真伪，并提供新的证据。潘景郑上述两篇文章，就为我们提供了丁祖荫藏书的新的佐证。

阿英与《孽海花》

阿英，原名钱杏邨，安徽芜湖人，是著名的晚清小说研究家。我收藏有他的四本晚清小说的研究专著，分别是《小说闲谈》《小说二谈》《小说三谈》和《小说四谈》。

阿英在二十世纪三四十年代，居住于上海，经常到苏州访书，便顺道到常熟的旧书店转转。他在《小说二谈》中有一篇"苏常买书记"，记下了1936年的一段经历："下午四点，与惕予乘长途汽车到常熟，车行甚慢，误点三十分钟之久。下车后，即至寺前，住大新旅社。惕予去找龚鉴平女士，我去看书。此地有旧书店两家，书虽不少，竟无精品，木板小说绝无。旋至一新书肆，买得顺治京都文兴堂刻毛声山评本《第一才子书》一百二十回一部，及顺治刻桐庵老人评本七十回本《水浒传》一部，又买得旧刻木板本小调一百余种。归后，鉴平及惕予已在，即同去山景园吃晚饭。饭后回旅社，就灯下翻阅新得册籍，并足成晚清曲录一稿。至十二时倦寝。"

中华人民共和国成立后，阿英调北京工作，到苏州和常熟访书的机会就少了。不过，与阿英有关的人和事，还偶尔与常熟有牵连。

大约是在1977年，安徽省作协主席陈登科，在上海修改长篇小说《赤龙与丹凤》，余暇便来到常熟作一次文学讲座。当时的常熟县中校长庞学渊，是与陈登科新四军时的老同事，便陪同他与常熟的文学作者见面。地点在县政府第三会议室。陈登科的讲课内容轻松随意，也没有什么微言大义，我亲耳聆听了他谈起了与阿英儿子钱毅的交往。

阿英大约在1942年到达苏北根据地阜宁。钱毅是他的大儿子，才华横溢，十七岁时就担任盐阜大众报编辑。陈登科第一次发表文章是一篇64字的新闻稿。经过钱毅修改，改掉了13个错字，21个别字，终于见了报。从此游击队员出身的陈登科，经过十余年的努力，成了著名作家，小说《活人塘》《淮河边上的儿女》《春雷》等作品相继出世。

一

阿英研究常熟作家曾朴，大约在1935年左右。他收集了不少小说《孽海花》的初期版本。《小说二谈》中有"孽海花杂谈"一章，专门记述此事。

"《孽海花》广告的最初出现，是在光绪甲辰年（1904年），金一的《自由血》出版，书后附有"爱自由者撰译书"广告一版。其目为《女界钟》《三十三年落花梦》《孽海花》《文界之大魔王》《中等女学读本》共五种。《孽海花》有小题，作"政治小说"，广告文云：此书述赛金花一生历史，而内容包含中俄交涉，帕米尔界约事件，俄国虚无党事件，东三省事件，最近上海革命事件，东京义勇队事件，广西事件，日俄交涉事件，以至今俄国复据东三省止，又含无数掌故，逸事，精彩焕发，趣味浓深。现已付印，即日出书。

广告末署："上海镜今书局发行"。这大概是《孽海花》最初的计划，这时"爱自由者"还在写作，首数回成后，交给了孟朴先生，遂有改作刊印本。《自由血》是甲辰三月十五出版，《孽海花》正式出书，是在次年乙巳（1905年），经过的时间有一年多。出书时的广告已易为：吴江金一原著，病夫国之病夫续成。本书以名妓赛金花为主人，纬以近三十年新旧社会之历史，如旧学时代，中日战争时代，政变时代，一切琐闻逸事，描写尽情，小说界未有之杰作也。

此时《孽海花》的发行处已经改为"小说林社"，也不称"政治小说"了，改为"历史小说"了。金一就是吴江人氏金天翮，他写了《孽海花》的前六回，便请常熟曾孟朴续写后三十回。

阿英在《孽海花杂话》一章中，专门写了"吴趼人赛金花传"一节，论及了小说《孽海花》与赛金花之间的风波。文中说：

> 一两年前，《孽海花》女主人公赛金花曾发表谈话，说孟朴先生追逐她不得，作《孽海花》以辱之。当时曾先生尚在世，曾发表谈话，加以驳斥。实则赛金花之行动，在当时确为各方面所不满。《孽海花》固对之有贬词，即吴趼人所作《赛金花传》，亦不直其人。吴传云："赛金花初名傅玉莲，混迹于苏州灯船中。苏州某显者见而悦之，纳为小星，大见宠幸。会显者被命出洋，携玉莲俱行。玉莲遂得游欧洲，习为欧人语。既返国，显者以病告归。亡何，得瘫痪病。玉莲私于仆，视显者卧不起，益无忌惮。显者忽懑死，说者谓显者负心之报也。
>
> "初显者少年登一榜，应春宫试时，道出烟台，恋一妓，曰小红，既而赆斧乏绝，不能成行，小红鬻簪珥以赠之，显者感甚，与订白头之约，盖时尚未婚也。既试，胪唱列状头，乃避道南下。以为吾今已作第一人，纳妓为妻，将不利于人口也。小红闻捷报，即杜门谢客，姊妹行咸来

庆贺，称之曰状元夫人，小红亦窃自喜幸。乃俟之久，无耗，使人侦之，得负心状。小红大恚，仰药死。此论者所以有负心之报之说也。甚有谓玉莲为小红后身者，此则巫蛊之言，不足道矣。

"显者既死，玉莲逐出，至沪上，易名曹梦兰，悬牌应客，而与伶人孙小三结不解缘，声名殊浪藉。既而更名赛金花，走津门，又至京师。会庚子之变，联军陷北都，金花以通欧语故，大受欧人宠幸，出入以马，见者称为赛二爷。辛丑和议定，以招摇故，被坊官递解返苏州。未几复到沪，蓄二雏娘，遇之虐，事为济良所闻，控之官，审之而信，乃递解安徽原籍，于是人始知其为安徽产也。"

这则小传原载于吴趼人的小说《胡宝玉》第三章。此书出版于光绪三十二年（1906年）八月。《胡宝玉》是吴趼人以晚清青楼生活为主体的实录体小说。这里要说明的是，赛金花大约生于1870年，卒于1936年。曾朴生于1872年，卒于1935年。两人打笔墨官司的时间，当在1934年前后。吴趼人生于1866年，卒于1910年。吴趼人病逝于上海，他过世得早，并没能看到赛金花与曾朴打笔仗。阿英生于1900年，卒于1977年。他写《孽海花杂话》一文时，曾朴先生还健在。

二

阿英在"稗乘谈隽中之赛金花"一文中，摘录了几条有关《孽海花》人物索隐和评价的论述，弥足珍贵。

"《孽海花》叙一时清流，如庄寿香为南皮，庄纶樵为张佩纶，陆奉如为陆凤石，闻鼎儒为文学士芸阁，端午樵为更阳，祝宝廷为宝竹坡,金雯青为吴县学士,潘八瀛为文勤,龚和甫为虞山相国,庄小燕为南海张樵野,皆确凿无疑;独叙大刀王五,以箫声剑气出之,磊磊落落,渔阳鼓尤足起人顽儒也。"

"近三十年来,所最震惊著称于社会者《孽海花》一书是已。同光两朝,朝章国故,遗韵逸闻,盖略备于是,盖以赛二爷为全书之线索。以我所闻,彩云晚年,流连颠困,诚有令人生商妇琵琶之感者。书中所未及,特补志于此。彩云归洪文卿学士数年,偕归国,洪病瘵垂危,彩云昵一仆,偕遁去,旋仆亦以瘵死。彩云无惮甚,复张艳帜于都门,手定北京南妓班规则,为南嬲之初祖焉。继之,虐养女罪谳成,被逐南下,自时遂时时往来津沪间。年华迟暮,盛誉遂衰。岁癸丑,余遇之沪上,时赁屋富春里,仍出应客,泽发雪肤,略施膏沐,犹似三十许也。与语外交掌故,肆应如流。于当时名流辈,如郭筠仙、薛庸菴、曾纪泽,皆抨击无完肤,独许合肥李少荃为第一流,殆为庚子 役,不免阿私耳。然而红拂老去,曾侍越公,天宝当年,能谭故相,亦可谓极身世凄凉之概者矣。尝至其院中,指五龄一雏,谓膝下一点,仅存此豸,藩溷相依,正不知飘落何所。语时辄泫然也。旋挈儿北去,谓将卖笑津沽。天壤茫茫,不复知紫云消息矣。"

这几段辑录,都是当事人对《孽海花》人物的褒贬。有考证,有索隐,有亲历。这对于喜欢考据癖的读者,不乏茶余饭后的消遣之谈。我们都是历史的过客,一部好的小说,恰恰是命运馈赠的礼物,暗中守候着凛冽机锋和淡淡禅意。

三

《小说二谈》中对于晚清时期常熟历史人物的关注度,主要体现在沈鹏身上。我每一次走过常熟引线街,张望新修的沈鹏故居,大门紧闭，无人理睬。沈鹏这一个悲剧人物，虽是翰林出身，但活在乱世之中，亲戚对他白眼，妻子离他而去，疯病之后扔在破屋里无人照料，唯有《孽海花》作者曾朴时常接济他。命运真的是对他很不公。

沈鹏没能出现在《孽海花》中。他主要是在张鸿（燕谷老人）的《续孽海花》一书中作为重要人物描述的。而《续孽海花》这部长篇历史小说，也是张鸿受好友曾朴的委托，续写而成。全书基本以白话文写成，文采斐然，人物卓越，在小说艺术的造诣上，并不输于《孽海花》。只是因为此说部写作于1938年前后，在影响力上，不如《孽海花》。

而阿英对于沈北山这个人的专章论述，主要是对于孙希孟《轰天雷》的关注。《轰天雷》光绪二十九年（1903年）由上海大同书局出版。十四回。

曾朴大儿子曾虚白在1935年刊印的"曾公孟朴纪念册"写有一篇跋文，云："按沈北山名鹏，又字诵堂，是那时代常熟的一位奇士，他与孟朴先生是总角交，从小就由孟朴先生的父亲资助抚养大的。后与苏州费屺怀太史的女公子结了婚。不料床第之间的纠纷，把这位沈先生刺激得成了愤世嫉俗的怪脾气。他决心要做一件轰轰烈烈的事情，死亦甘心。时康梁失败，西太后专政。北山到京，以为这是好机会，于是草就一篇奏稿，请太后归政，杀荣禄、刚毅、李莲英三凶。稿成，无人肯为代递。同乡怕他闹乱子，派人押送他回南。不料他路过天津，竟把这篇奏稿送到《国闻报》发表了。他回到常熟，住孟朴先生家。常熟县得密电，令拘禁沈。持电访孟朴先生，沈闻讯挺身而出，遂入狱。及《辛丑条约》告成，大赦出狱，可惜那时候他已疯了。"

"曾公孟朴纪念册"是1935年曾朴逝世后，曾家印行的名人纪念文章汇编，其中有柳亚子、郁达夫、胡适、黄炎培、邵洵美等名人的文章。此册小范围发行，只在南京、上海和常熟的亲友处流通。我在1988年由收藏界的朋友相赠一册。1989年，我曾经写过一个8万字的小说，题目为《曾园春梦》，其中对沈北山与曾朴的生死之交，有过艺术化的描述。这部小说被压缩成4万多字，在《青春丛刊》第6期发表，题目为吸引读者，编辑改为《曾朴情海录》。

阿英在上海滩还收到一部《清朝轶集》，其间有"沈鹏逸事十三则"。摘录其二："沈之初捷南宫也，里中某太史，某孝廉，争与缔缟纻之交。罢官后则皆避之，若将勿及。元旦日，沈书一联榜于门曰：'不才名主弃，多病故人疏'其抑塞不平之气，见于言外。沈在族叔某，家资甚富，而以无子为恨。沈通籍后，屡欲嗣为已子，遂诩然以老太爷自命。洎沈褫职后，贫迫无以自存，不周恤之，反痛骂之，不第不引为子，并且不认为侄矣。翻手为云，覆手为雨，此等人真狗彘不若。好事者以原任老太爷目之，真是隽语。"

亲属朋友对于北山的这样的态度，自然更使其性格趋于偏激。然其间也不是没有善遇之的。常熟曾氏对他的关系自然不待言，就逸事所载，翁同龢亦极赏识之，称其为"沈雄"。故翁戊戌罢职，沈竟敢拟一摺，约五万言，力辩其冤。此摺为某公所子所夷，未曾上。又其兄应鹤，对待他也很好。记云："沈有兄曰应鹤，茂才也。笃于伦常，因见沈有心疾，往往抱之而哭，沈亦哭。两人同居一室时，从不交一语，惟闻号啕声而已，未几病卒。"可见北山一生，一面虽饱受冷待，一面也得着不少兄弟友谊间的热情。

阿英的朋友，见到他写了"关于小说轰天雷主人公沈北山"一文，便送了一册《沈北山哀思录》给他。阿英十分兴奋，因为这类非正式出版的亲友之间赠送的文字，印数极少，保存不易，弥足珍贵。阿英如获至宝。

这一册哀思录刊于宣统元年（1909年）十二月，编者是王梦兰，海虞图书馆发售。这一年正是北山病逝的一年。哀思录的内容，首篇是钱育仁的《沈北山先生宜传》,余下分别是全忠民的《沈北山先生传》,宗威的《北山沈公传略》,张振庠的《沈北山先生事略》,钱南山的《沈北山太史悼辞》,秦钟琪的《沈北山先生哀词》,王梦兰《沈北山先生哀诔》,及庞树松《沈北山太史追悼会记》。其次是挽联一百二十二幅,挽诗四家十七首。末为有名的参三凶奏折。传记中最足以说明北山的,为张振庠的一篇。张振庠是沈北山兄沈鸿声的弟子。节录其重点文字如下:

"先生初名棣,字颂棠,号北山,常邑庠生。应试北闱,更名鹏。旋入南雍,膏火余赀,时寄兄嫂。越二年,先生联捷,得官翰林南归。先生容貌,清癯鹘突;恒纵酒高论,深慕史可法、洪亮吉之为人。暇辄手一编,或与兄喁喁谈家事,教其侄同午学,不少宽假。岁戊戌,康梁党祸起,先生适在京,馆旌入英年家。英故以兵部侍郎兼九门提督,逮捕六君子。先生闻之,竭力驳阻,英不听,卒捕六人,就戮菜市口,先生不怿者累日。先生常恨荣、刚、李三人,横亘市朝,势炎炙手,专摺参奏,格不上。回至天津,将摺稿投载《国闻报》。未一月,得旨革职,并下府监。逮捕时,先生已旋里,方宴饮戚家。会捕至,伪传某令言谈密事。先生知事发,轩轩大笑,从容整衣。旋往解省。卜狱后,狂歌赋诗,或醮墨书壁橐大字。美国公法,国事犯可以任他国保护,各国公使闻之,倩人转达,请予保护。先生瞪目答曰:中国人宁借外国人保护耶?挥之去。越四年而先生蒙恩释放,佯狂避世,洎宣统元年七月二十二日,殁于族兄濂家。"

四

阿英的《小说三谈》列出清末四大小说家,分别是李伯元、吴趼人、刘鹗和曾朴。他在论及曾朴的小说创作时给予了极高的评价：

曾朴（1871—1935年），字孟朴，江苏常熟人，前清举人，在当时小说家中，思想最为进步。创小说林于上海，提倡翻译小说，为新出版物的中心。又撰《孽海花》一种，原定六十回，成二十四回。后涉宦途。1927年复创真美善书店于上海，主编杂志《真美善》，继续翻译法国文学，成嚣俄名著多种。又《续孽海花》六回，足三卷，并删改旧作，重行排印。别为《长篇鲁男子》。1935年6月卒。

《孽海花》所叙，自金沟抢元起，即用为线索，杂叙清季三十年间遗闻逸事，以豫想之革命作结。金沟指吴县洪钧，典试江西，丁忧归，遇名妓傅彩云，纳之为妾。旋洪奉命使德，携之同去，并游俄。彩云性浪漫，颇多话柄。返国后，居北京，比洪殁，乃下堂求去，后至上海为妓，称曹梦兰，又至天津，称赛金花。庚子之乱，以与联军统帅在德有旧，复为所昵，居銮仪殿，势甚张，人多称之为赛二爷。瓦德西返国后，致因此削职。《孽海花》即记其间经过。惟傅在书中，实居宾位，其主位则为三十年中国史实，作者改订本序所谓："借用她为女主人公，做全书的线索，尽量容纳近三十年来的历史，避去正面，专把那些有趣的琐闻逸事来烘托出大事的背景。"

最初五回，系就爱自由者（吴江金天翮）原稿改作，故题爱自由者发起。

最值得惊异的，是反映在书中的作者的思想。在专制的淫威之下，竟毫无顾忌地公开同情革命。他反对科名，但他反对的理由，是最彻底的，谓"科名制度，实系唐以后帝王的愚民政策之一，借此以笼络上层知识分子，间接消灭反抗，以巩固其少数人之统治"。

曾朴反对异族统治中国，用元象征清，主张种族革命。他以赞扬的态度描写孙中山、史坚如、陈千秋，甚至作演说以说明革命的理论，以建设黄帝子孙的国家，思想之激烈，在当年实无出其上者。

书中最见精彩的描写，为清末的北京知识阶级，与士大夫阶级生活与癖好的写述。如李纯客等都在描写之列，唯稍为夸张。大概当时这一班人终日昏昏，别无所事，除以种种方法媚上敛钱而外，只是玩古董，嫖诗妓，改订本增入龚定庵恋明善妾太清致死一段，也可以属于此类。洪雯卿以千金买地图于俄京，孜孜研究，终至断送国土，与定庵事可谓二绝。此辈生活，于褚爱林与三珠为李纯客做寿两事中最为具现。写清流党也不差。

《孽海花》初刊时，竟销至十五版，五万部以上，当时的影响力可知，其主因当为作者的思想，与相称的技术形式，改订时删去半回，殊为可惜。其余虽多所改动，无关要旨，且较原作为胜。续书六回，无特色，当是隔离过久，作者思想技术均有改变，难以连接之故。原刊本附六十回全目，有十三回写庚子之役不克成，我殊以为憾。原书为《小说林》刊，后有人作《孽海花》索引、考证、续考，并杂志《小说林》所载第二十一回至第二十四回为第三册，我在地摊上曾无意中获得一册，殊可宝也。

曾朴创作《孽海花》之初，是受了吴江好友金天翮的委托，无意中得到这一份写作的重任，竟然演绎成中国近代小说史上的伟业。从这个机遇的降临来说，无疑是曾朴充分的思想准备和法国文学的浸染熏陶，浇灌了他天才之花的盛开。

春风吹送海洲情

小说家陈武离常熟虞山越来越近了。他渡江而来，带着一点兴奋，带着一点期待，他还从杭州邀请来两个朋友，都是学者型的作家，一个叫李惊涛，一个叫张亦辉。他们要寻访常熟的红豆山庄，他们要见见黄公望的故乡，看看黄公望怎么醉卧尚湖杨柳拂面；看看唐伯虎一叶扁舟信笔挥舞。虞山有十里风情依依不舍，言子有款款新歌目送飞鸿。

当初写《浮生六记》的沈三白，就是这样神色匆匆目光炯炯而来，当初的董小宛冒辟疆，就是这样夜色迷茫踏月而来。虞山有桂花白酒红汤素面牵着你的鼻子走，虞山有碧螺春茶桂花香栗吻着你的味蕾笑。在这样夏风醉人的晚上，在这样起舞弄影的月下，酒不醉人人自醉，歌不迷人人自迷。古寺幽钟，湖甸深丛，次第开放的正是人生最美的花朵。

一

陈武是一个文化使者，他为常熟和连云港两地的作家搭起了彩虹之桥。

我记得陈武有一本散文集——《海古神幽连云港》。"海古神幽"的名字道出了连云港的真谛。其实，连云港是个新兴城市，因为发现了江苏唯一的不冻海港，再加上陇海铁路的修建，便成了近代史的后起之秀。连云港古称"海州"。灌云、东海是它的母亲，云台山、花果山是它的后花园。新浦和板浦是它的血脉之源，海州四县组成了今天的连云港。

文化现象的联结，就像一朵花的芳香，必然有它的独特的历史背影。海州历史上，就有一个常熟人在那里辛勤的耕耘，播撒文化教育的种子，魂牵梦萦，水滴石穿，灯火在风中明灭，经卷在纸上书写，这是殉道者的缘分。

他就是两代帝师翁同龢的祖父翁咸封。

翁咸封（1750—1810年），清代嘉庆年举人，48岁时受人推荐，到远离常熟千里之外的海州当学正。当时的海州，民生困苦，十年九涝，官盐垄断，教育落后。翁咸封在海州的十二年中，做成了四件事：一是力排众议，几番向江苏学政倡议，申请资金，在海州建立了石室书院，在赣榆、沭阳两县创办了怀仁、怀文两家书院，又在海州城南设立义学。海州的一州两县，从此便有了安顿书桌的圣地。二是受唐仲冕知州的委托，着手筹建孔庙。历代孔庙，是一个倡导文学礼乐的标志性建筑。可惜当时的海州财政，真正是一穷二白，每年赈灾的经费都是入不敷出。在此情况下，翁咸封克己奉公，将老母亲和妻子儿女都接到海州居住，并频繁修书给常熟的亲戚故旧，筹集资金购买了一批木材砖瓦，延请常熟乡间的能工巧匠，租赁了大船，历经两个月，渡长江，经运河，将这批建筑材料经输送到板浦码头。三是为海州的秀才争取到考试的便利。清朝童生考试，必定要经过县试、府试和院试三级，海州的考生一般都要在三年中往返于徐州或淮安，路途遥远，食宿不便。翁咸封自当学正以来，多次上书呼吁，终于在第二年得到江苏学政批准，可以在海州本地设立考场，考点就在石室书院。此举一经实行，海州学子一片欢呼，学习的积极性顿时高涨。翁咸封为此自豪地向友人介绍："两年书院课士粗有成效，肄业童生获隽者十五六人。"

翁咸封做的第四件事，一般人知晓的不多，或者说，知其一不知其二。就像陈武兄在常熟结交的文学朋友，诗酒相交，形成默契。谁能料到，在众多的文友中，会有一棵参天的大树，经风雨沐甘露，会在若干年之后，葳蕤自生光，俨然是常熟历史一道亮丽的风景呢？

嘉庆年间的海州板浦镇，就暗藏着一颗将在中国小说史上熠熠闪光的明珠。

1798年，也就是嘉庆三年。翁咸封的办公署里，迎来了一个十九岁的年轻人。他叫许桂林，出身于板浦镇上许氏望族，十二岁便考中秀才。他拿出一卷《毛诗后笺》，请翁咸封指教。翁喜出望外，石室书院正需要这样的才俊后学。几次交谈下来，翁咸封大为感慨，许桂林不仅诗词歌赋精通，还钻研天文算术和古代历法。许家老宅在板浦镇建有三进大院，后院藏书楼收藏了许多珍本钞本。翁咸封答应了许桂林的请求，愿意收下这个好学敏思的学生。

从此，翁咸封成为许家藏书楼的座上客，许桂林与翁咸封的儿子翁心存，也成了总角之交。文化的渊源，像暗夜的明灯，无论是天涯海角还是荒野僻壤，一丝一缕的光亮，总会摸索着走过漆黑的长廊。

离许家大院百十米,是板浦镇盐务衙门的办公之所,担任盐课使的是直隶人李汝璜。李汝璜有个弟弟叫李汝珍,此时正赋闲在家,借居在哥哥的住所。

一来二去,李汝璜把酷爱小说写作的李汝珍介绍给许桂林的哥哥许乔林。许乔林也是嘉庆年间举人,曾当过三年山东平阴县知县。辞官后受唐仲冕邀请,到海州石室书院任教习。又被翁咸封聘请为修志助理。于是,许家丰富的藏书,成为李汝珍写作长篇小说《镜花缘》的最好滋养。李汝珍生活在板浦二十余年,不但与"板浦二许"成为莫逆之交,许乔林还将堂妹许芙蓉嫁与李汝珍,夫妻俩一直住在许家大院里。海州云台山麓,成为李汝珍创作《镜花缘》的灵感之所。

历史往往在一个不经意的瞬间,定格为一个文星高悬的闪光点。我们不能就此贸然定下一个结论:所有的相遇一定会碰撞出智慧的结晶。但不可否认,在常熟士子翁咸封以文化拓荒者身份的参与指导下,海州茫茫的浅海滩涂,祖祖辈辈靠煎盐烧灶为生的子民,也一天天滋生着文明的味道。

我们可以记住这样一个生命的节点。在翁咸封当海州学正的十二年中,许桂林和许乔林都是风华正茂的黄金岁月,年轻的李汝珍也借助许桂林的天文星象著作和数学笔记,写作了《镜花缘》中重要的章回。我们可以想象,在板浦镇这样一个文化并不发达,资讯更是闭塞迟缓的偏远乡村,有一群文化精英聚集在许家大院。豪爽好客的许家兄弟敞开书楼迎接贵客来临,霜隔帘衣春盎盎,月停歌板夜徐徐。明灯灿烂如银,诗声不绝如缕。在那样的高雅氛围之中,面对一群才子那样挑剔的眼光,莲池精舍也为之失色,芭蕉夜雨也为之躲避。

二

当初陈武从海州出发,他风尘仆仆,带着李汝珍《镜花缘》的香鬓丽影,带着一个小说家的从容和期望,穿过苏北大地,南渡长江,到常熟寻找曾朴的《孽海花》。曾朴的《孽海花》比李汝珍的《镜花缘》晚出七十多年,虽然题材不同内容不同,但在写作的手法上,有异曲同工之妙。两部小说都是借助历史人物丰富多彩的爱情史,抒发人生无常五色迷目的变幻之感。

我最初认识陈武,是读了他在《钟山》和《雨花》上发表的小说。记得20世纪80—90年代,他连续在这些大刊上发表中短篇小说。进入二〇〇〇年,我还多次在《花城》《钟山》《十月》《作家》《小说月报》《小说选刊》等名刊上看到他的作品。我曾经问过当时任《钟山》编辑王干,说陈武是哪里新冒出来的作者?他说是连云港的,很年轻。从此,我对陈武有了深刻印象。

大约在七八年前,钟山编辑部的张荣彩告诉我,小说家陈武现在兼职在北京一家文化公司,专门搞图书选题策划,近期可能到常熟会见作者。我们欣然答应了。陈武以前到过几次常熟,但都是因事匆忙,悄悄地来,悄悄地走。这次由于熟人牵线,酒逢知己千杯少,虽然我不能喝酒,但我把几个能喝的作家和画家都请到了。大家在酒台上大摆龙门阵,抛开了那些正襟危坐的君子模样,一心一意学习诗仙李白,管它西边是黄河东边是海州,来个不醉不罢休。其实文友喝酒,贵在可以借酒浇愁,一杯香醪入肠,足可抒洗烦闷的胸怀。我们招待陈武兄,其实也没有什么山珍海味飞禽走兽,都是水乡人家寻常的新鲜菜肴,三两分醉意,五六分情意,七八分话语,一脸的迷糊映着黄昏的绮丽,直至夜色深沉剪落了窗花月影。

我记得，接风酒的第二天，我们谈起了他此行的组稿意向。陈武对常熟的名人很感兴趣，例如元代大画家黄公望，例如钱谦益和柳如是，例如两代帝师翁同龢。我把这几年常熟作家的写作状况介绍了一下。黄公望由于是一介布衣，虽然明代画家对他推崇备至，但现存资料极为稀少，无法虚构成一部长篇。而写作明代东林党人和秦淮八艳的小说，近代很多。尤其是描写钱谦益和柳如是白发红颜的传奇作品，林林总总有七八部。据我所知，就有刘斯奋的《白门柳》，石楠的《寒柳》，彭丽君的《中国第一名妓柳如是》，宋词的《南国烟柳》，等等。如果再请常熟作者写此类题材，无非是抄抄摘摘，难有新意了。另外，我在1985年，写过二十万字的长篇小说《帝师荣枯记》，以翁同龢为创作原型。本来由江苏古籍出版社正式出版的，后因新华书店在全国征订时，印数不足三千册，此书就没有出成。出版社后来寄了我七百元钱，作为退稿费。

虽然大致的组稿方向已经否定了，我还是向陈武推荐了一个常熟作者，他正在埋头写作一部作品。而这部作品的成功与否，能否得到陈武老师的青眼有加，也是常熟作者近年长篇作品能否有所突破的关键妙手。我业余担任常熟作协主席之后，一直有个愿望，希望后起的常熟作者能突破创作瓶颈，在小说领域有所成就，在长篇作品的出版上能有市场效应，而不是沾沾自喜地花自己的血汗钱，出些自己也不要看，送人也不受待见的书籍。

我是怀着强烈的期望，希望陈武能够认真看一下这部书稿，尽可能地推动这部书的出版，并且能推向全国的市场，而不是让它睡在车库里。

这部书的作者是高洪亮，笔名西歧。长篇传记的题目是"一代影星上官云珠"。当时，这部书的部分章节，在我编辑的《常熟日报·虞山》副刊上刊登了，反响不错。作者搜集的资料很丰富，对传主上官云珠的身世作了翔实细致的解构，又多次到上海、无锡、江阴等地采访。况且,作者与传主都是江阴长泾人,对于乡土风情耳熟能详,文字也很老练而绮丽,确有令人探究着迷的可读性。

因为有陈武这样的文化使者从海州到达常熟,因为有翁咸封这样的儒家学者薪火相传,常熟作者才有这样的机遇,期盼收获的季节。

陈武带着西歧的这部书稿回到了北京,我在常熟翘首盼望静候佳音!

大约隔了有半年,陈武从北京打来电话,西歧的这部书稿通过了出版社的初审。2013 年的 7 月,我们在尚湖的"蓝调江南"茶馆,见证了出版协议的签订。此后,半年中,陈武为使书稿更臻完美,多次与作者商量修改事宜,邮件往来频繁。在出版的前夕,出版方又委托陈武再次与作者协商,因编排原因,需要将 25 万字的书稿压缩到 15 万字左右。谁都知道,一部作品,尤其是长篇大作,作者肯定倾注了大量的心血。十月怀胎,作品就是他的亲生骨肉。对作品的文字压缩,很使作者左右为难。这时,为了能使常熟作者第一部传记作品顺利问世,不致中途夭折,我便主动与作者沟通,在不影响全书精彩内容的基础上,由我来对全书章节进行修改压缩。此举也得到了陈武的首肯。我也放心大胆地在短时间内完成了这项工作。

终于,功夫不负苦心人。2014 年 3 月,西歧的这部《哀愁如一江春水——一代影星上官云珠》终于与读者见面了,首印六千册,受到省内外读者的欢迎。这本书在陈武的精心策划编辑下,装帧精美,内容丰富。这是一次成功实践。在这件事情上,陈武兄功不可没。

我经常对作者说,机遇永远垂青有准备的头脑。作者的满腹才华和写作的成果,就是蓄势待发的一辆动车。出版和发表就是发动机的燃料。作者只有抓住发表和出版的机会,才有可能脱颖而出。你的作品只有通过发表和出版的途径,才能让世人认识你的才华。

有时候，我们为了作品能够让更多的人接受，也不妨做一些合理的退让。毕竟，能够让你的作品跃出小城，渡过黄河长江，在全国各地传播的机会，并不是很多。

正因为有了陈武兄的牵线和沟通，常熟作者在2013年至2017年间，有数位作者二十余部作品得到出版社的青睐。常熟作家在一个阶段内，作品呈井喷状态发表，创作态势令人高兴。

三

屈指算来，陈武兄因为出版事宜，每年到常熟至少两三次。

他不仅为常熟作者出谋划策，做好选题顾问。还为我这个作协主席，发现扶植了一位才华洋溢的本地作者。记得那是一个春日的晚上，我们在虞山脚下的春讯饭店聚会。席间，来了一位年轻的女作者，她叫葛丽萍，我与她是第一次见面。她是一位乡村小学的老师，从太仓师范毕业以后，一直在小学教语文，又是一位书法家。陈武向我介绍，他是在博客上认识葛丽萍的，她的博客名叫夏荷，内容丰富，小楷书法、新旧诗词、散文随笔，都透出生活的厚度和神韵。

这次陈武到常熟，特地打了电话给她，虽然他也没见过她的真容，但还是要把她介绍给我，让我的副刊园地，增添一位多姿多彩的作者。我心里很高兴，但也有一点惭愧。编了这么多年的文学副刊，还是有遗珠之憾。

葛丽萍从乡村赶来了，她很文静地坐在一旁，拿出一幅书法作品，供大家浏览。我随之也向她约稿，希望她为虞山副刊写一些作品。

从那次认识葛丽萍之后，她的散文陆续在报纸上发表。我从她的文章中，也逐步了解了她的身世，佩服她与命运抗争的不屈不挠精神。2013年12月，葛丽萍的散文集《心有菩提》，在陈武的编辑下，也正式出版了。陈武在她的集子后记中，充满着诗意说："从她的博文里，我依稀感觉到，在她生命最美丽的时候，也就是新婚不久，万恶的病魔造访了她，并直接威胁到生命。在接下来的无数个白天、无数个夜晚，她都要切实地面对病魔，和病魔作顽强的搏斗，一次次的手术，一次次的化疗。一个瘦弱的女子啊，一个新嫁娘，就这样长期地待在病房里。在她顽强、坚韧的毅力下，在亲人们的照料下，在佛的庇护下，她挺过来了，直到完全康复，直到又站在她心爱的讲台上。"

　　一个女子的命运真是个奇迹，经历了大悲和大喜的葛丽萍，迎来了她的创作丰收年。她勇敢地穿越了噩运布下的陷阱，听到了彼岸之花的歌声。2016年1月，葛丽萍的第二本散文集又在花山文艺出版社印行了。这真是令人吃惊的进步。一个女作者在短短的两年中，出版了两本散文集，这在常熟作者队伍中，极为罕见。她的这本散文集名字叫《掬云得月》，近二十万字，由著名作家金曾豪为她作序。金老师这样深情地说："小葛在喧嚣中寻找宁静。宁静是因为宽容。在作者的笔下，随处有淡泊明朗的风景，随时有祥和惬意的心境。作者的宁静有时甚至有了点任性，她说：'好好过日子，就如此坐着，就如此活着，此生亦足矣。'"

　　金曾豪十分理解体惜葛丽萍那种沧桑巨变之后的珍视，陈武也明白了葛丽萍散文中处处流露的生活情趣。生活的美好来之不易，欢愉、从容来自乡野田间，来自天地万物。葛丽萍比一般人更珍视生活中的点点滴滴，更享受文学、书法、音乐和孩子给她带来的一辈子的幸运！

四

　　苏东坡有一首咏茶诗，很有名，诗云："仙山灵草湿行云，洗尽香肌粉未匀，明月来投玉川子，春风吹破武林春。要知玉雪心肠好，不是膏油首面新。戏作小诗君勿笑，从来佳茗似佳人。"

　　其中的"从来佳茗似佳人"一句，最为流传。陈武喜欢红酒和品茶。他每次到常熟兴福寺旁的栗桂苑喝茶，总是对山景清雅赞不绝口。春茶飘香，绿树婆娑，晴岚拂面，纤手相迎，风景真是天赐。每次与陈武先生谈天说地，总能聊到我们共同感兴趣的话题。我从他的博客上，知道他也认识南京的画家董欣宾，因为董欣宾从部队转业后在连云港工作过七八年，当过印刷厂美工和中医院医师。董欣宾四十岁后考取南京艺术学院研究生，八十年代认识了作家高晓声。这两位文坛长辈，都是我高山仰止的人物。

　　说起董欣宾，他是无锡张泾人。这个地方处于无锡、江阴、常熟三县交界地方，交通闭塞，也不出什么名人。乡村孩子要出门找活路，一定是摇了木船往无锡或常熟去。董欣宾十四岁时跟随无锡大画家秦古柳学习中国画。这个秦古柳也是个全能的艺术怪才，他的山水画高古如宋元名家，书法也是独有怀素风骨，绝不媚俗，在我们江南地区很早成名，但一生却是命运坎坷。我记得与常熟的一位画家谈起秦古柳的画风，他也极为佩服。他告诉我，如今各大拍卖行争相收购秦古柳的画作，一幅扇面也要拍到六十万元以上。秦古柳的十二帧山水册页，曾经拍过百万元，但这都是秦古柳逝世后三十年以后的事了。这位画家记得这样一件事：20世纪70年代，他在一家工艺美术厂工作，常熟老画家曹大铁与秦古柳是同门师兄弟，到了无锡见到秦古柳退休在家，生活困顿，便请他给工艺美术厂画一些出口的工艺国画。秦古柳在宣纸上画了十张山水小品，兴冲冲地从无锡赶到常熟，走进工厂交货。工厂负责验收的人很不耐烦地问："谁叫你拿来的？"秦古柳讷讷地说："是大铁先生介绍我来的。"那人不屑地说："画得像什么样子？这种画怎么出口？我们不能收！"

秦古柳气咻咻地来到曹大铁先生在天宁寺巷的家里，半天不吭声。后来，还是大铁先生厚着脸皮，说了一箩筐的好话，验收者才从秦古柳一大卷画中挑了两张，每张画的加工费是人民币一元五角。这笔钱是大铁先生先垫付给古柳先生的。工艺美术厂支付加工费一般要到月底才结清。秦古柳拿着三元钱，含着眼泪，告别大铁。从无锡到常熟，再从常熟回无锡，两张车票正好两元。秦古柳两张画实际卖了一元。

前几年，我在常熟参观《伟大的南线——董欣宾、卞雪松知音展》，重新看到了董欣宾的画作。董欣宾在常熟有一个学生，他极为佩服董老师的才华。我在他的画室里，看到一张墨迹淋漓的山水松石，那种大气磅礴的泼墨功夫，真是董家独门技艺。我还在十几年前，看到一本董欣宾的连体册页。一张张看，是笔墨老辣的随意挥洒。展开来，便是长达几米的长卷。

从陈武的博客里，我看到董欣宾与小说家高晓声的交往。董欣宾20世纪70年代末，考入南艺读中国画研究生，投师刘海粟大师门下，毕业后到江苏画院做专职画家。《欣宾画集》的序言出自著名作家高晓声。

大约1985年夏天，董欣宾应高晓声之邀，来到常州高家，住了六天，画了不少画。高晓声家里没有画案，他就蹲在水泥地上画，一蹲就是四天，直到第五天，高晓声才找一个钓鱼用的小折凳给他，他也不客气，坐下来继续画。

董欣宾伏地作画。高晓声为欣宾画集作序。两人都是不拘小节的英才。当年汉武帝派张骞出使西域，张骞衣冠不整，朝中有人看不起他。张骞笑着说："谋大事者，不拘小节也。"在出使西域的艰苦岁月中，风餐露宿，生死相伴，有多少人半途退缩，唯有大汉使节张骞，不辱使命。董欣宾不仅国画画得好，文章也是博古通今。当年我在南京《青春》杂志上登了一篇散文，同期刚好看到董老师的一篇描写黄山风景的游记，那种老练的笔法，丰富的语言，出色的意境，令人自叹不如。检视一篇文章的水准，可以看出作者读书和修养的功夫，高低雅俗，立马显现。

我最后一次见到高晓声先生，是在1994年的秋季。当时，他从南京到无锡访友。正好同一列火车上碰到省作协的几位青年作家，有王干、费振钟、储福金等人，还有一位资深的评论家叶橹，他们都和高先生相熟。一路说笑，车到无锡。作家们是到常熟开一个城市小说讨论会的，由北京的张颐武主持。在无锡火车站，常熟会务组的一辆大巴接站。高晓声便被王干他们拉上了车，说还是一起去常熟玩玩吧。我在常熟开发大厦见到了高老师，便将他和叶橹安排在一个房间。

晚上，我到房间看望高老师，和叶橹老师一起闲谈。早在1982年夏天，由顾小虎介绍，我就认识了陆文夫老师和高晓声老师，当时在常熟召开了《青春》杂志苏南小说培训班，两位老师主讲了小说创作理念。后来，我工作到了常熟日报，报社总编辑黄清江也是位资深小说家。每到虞山绿茶采摘，陆文夫便来报社品茶。有时，高晓声老师也会同来。

在闲谈中，我觉得高老师苍老了许多。岁月不饶人，到底是近七十岁的老人了，又是体弱多病之身。临走时，他把一件换下来的绒布衬衫和一件棉毛裤递给我，说："小红，不好意思，我这次出来的急，换洗衣服都没带，你能不能带回去洗一洗？"我马上说："不碍事的，我家里有洗衣机。明天洗好晒干，给你送来。"第二天下午的会议间歇，我把衣裤给老先生送去，他十分高兴。

此事很快淡出记忆。大约半个月后，我收到了高先生的一封信，说了一番客气的话。他的字很好，一看就是练家子。在我珍藏的作家信札墨迹中，我最珍视两封信。一封是香港《明报》社长、武侠小说家金庸的，一封就是高晓声先生的。因为，两位大作家非但文章写得好，而且字也写得秀美。娟秀的钢笔字，铁笔银钩，春风入怀，令人赞叹不已。

高晓声先生于1999年逝世。董欣宾先生于2002年逝世。他们的作品流芳于世。

"……充盈着飞扬的灵气，追求的是绘画中的最高境界——意境和情境，笔墨所到之处，形成自然状态中的淡淡的色层，构成一幅幅朦胧而变幻的意象。"这是陈武对董欣宾的评价，我也深以为然。

五

陈武是作家，同时也是文化使者；他写小说，也做出版。常熟曾出了个翁咸封，在他的影响和熏陶下，海州近代出现了一批重量级的文化人，有扬州学派的代表人物林廷堪和许桂林、许乔林，也有小说家李汝珍，李氏的《镜花缘》已经成为中国古典小说的最高成就之一。陈武先生来自海州，不能说他现在也在做着翁咸封相同的工作，但至少，在他的积极策划和运筹下，自2013年到2017年8月为止，为常熟作者编辑出版的书籍就有七八个人二十余种。另外，即将出版的还有浦仲诚等常熟作家的书。现在，陈武俨然成了常熟作家的"贵人"了。真希望陈武常来常熟，我们依然有好酒相待。

谁家玉笛暗飞声

一

2016年,对于潘吉来说,是创作丰收的一年。

这一年,潘吉的长篇小说《因为有爱》在花山文艺出版社出版,8月份,在风景如画的虞山尚湖望虞台,举行了长篇小说的首发式,各地作家聚集一堂。苏州作协副主席、著名作家朱文颖也到会祝贺,对潘吉的创作之路给以热情的评说。

著名出版人、小说家陈武先生作为潘吉这部小说的策划编辑,详细地分析了该书的艺术特色,并做了热情洋溢的发言。

他说:"潘吉是知名当世的小说家,发表和出版了大量的文学作品,特别是在中短篇小说方面,更是成就突出,在国内重要文学期刊上,频频有作品亮相,还曾被《小说选刊》等知名刊物选载。

"近年来,潘吉先生经过多年的积淀和思考,在对自己的创作实践进行梳理和审视后,决定创作长篇小说《因为有爱》。记得他还在鲁迅文学院进修期间，跟我聊到这部长篇的构思和主要故事情节时，很让我感动，当即就预约了这部长篇小说，并且在花山文艺出版社的年度选题会上，提交了这本书的选题策划方案，顺利得以通过。

"大家知道，由于阅读平台的多样化，这几年出版行业不景气，影响最大的就是严肃文学的出版，连带也影响了作家的创作积极性。但在这样一个出版环境里，潘吉先生在短期内拿出这样一部重磅作品，并受到出版社的高度重视，当作年度重点项目来推进，说明潘吉先生的创作实力非常雄厚，创作态度十分严肃认真。我作为这本书的策划编辑，非常欣慰。出版社也下决心要出好这本书，在排版、校对、板式设计、封面设计、市场运营等方面，安排了精兵强将，顺利地把这部作品推向了市场。"

这是潘吉的第一部长篇小说，又是以常熟本土的人和事为创作元素，结合多年的生活积累，厚积薄发写出的一部有分量有深度有思想的作品。

常熟小说创作的历史，近二十多年来有了长足的进步。据我所知，比较著名的有朱寅全的《琴川三姐妹》、黄清江的《流浪者情缘》、金曾豪的《青春口哨》等。潘吉的这部长篇小说《因为有爱》，以常熟支援四川汶川地震灾后重建这一重大事件为背景，塑造了一批可歌可泣的奉献者的英雄事迹。在他创作的故事中，主人公马小坤是一位在地震中失去双亲的孤儿，从小梦想当一名像福尔摩斯那样的侦探。后来，马小坤考上了公安大学，在援建干部龙海峰的资助下，顺利完成了学业。大学毕业后，马小坤怀揣着梦想和感恩之心，千里迢迢来到恩人所在的城市，开始了他新的追梦之路。在梦想与现实之间，马小坤尝遍了人生的酸甜苦辣。但他没有气馁，始终坚定着自己的信念，努力朝着梦想的方向前行。

这部作品入选江苏省作家协会"重点扶持文学创作与评论工程"项目。一部长篇小说的诞生，是一位作家走上创作新高度的里程碑。

潘吉的创作之路，也是从短篇、中篇，进而积累至长篇。这是一个优秀的小说家必定要经历的磨难之路。任何原创作品，都不可能一蹴而就，都是一步一个脚印走出来的。小说就是一种心路历程的磨炼，是作家功力和生活积累的考验，也是作家满腹才华的试金石。

悠悠沧桑之中，一切人或事，都是飘动的云。昨天的故事，历史的风烟和忧伤，能否在小说中铺开迷人的色彩，或者化作灿烂的霞光，全依赖于作者的创造力和想象力。文学本身是一块自由耕耘的土地，但它只属于勤奋的耕耘者。李白有诗为证："谁家玉笛暗飞声，散入春风满洛城。"当我细细翻阅潘吉近十年的著作，惊讶地感到，他这几年的创作有了长足的进步。结集的短篇小说有两部，散文集一部，长篇小说一部，中篇小说集一部。他还先后在《人民文学》《长城》等大型杂志上发表小说。尤其可贵的是，他在2013年《西湖》杂志上发表的小说《兄弟》，还被2014年第1期的《小说选刊》选用。这在常熟作家队伍中可是破天荒的突破。据我所知，短篇小说被《小说选刊》选中，常熟作家中，潘吉是第一人。十年前《小说选刊》选登一组微型小说，其中有一篇微型小说的作者是常熟的邵孤城。

二

潘吉在2017年6月结集出版了中篇小说集《目光》。著名小说家荆歌为他写了序。荆歌对潘吉的创作历程较为熟悉，他这样说："文学是寂寞的，也是快乐的。潘吉就是这样一位在文学海洋里享受寂寞和快乐的人。他的职业是警察，但爱好文学。那年我在苏州作协的一次小说年会上与他相识，虽然交往不多，却是一见如故，也让我改变了对警察的许多看法，他所居住的城市常熟，又是我当年读书求学的地方。因此，潘吉对我来说，更多了几分亲切。

"常熟是苏州所辖的一个县级市,有着很深的文学底蕴。随便说说就有:孔子唯一的南方弟子、擅长文学的南方夫子言偃,清初诗坛盟主之一的钱谦益和美艳绝代才气过人的柳如是,同治、光绪两代帝师的状元宰相翁同龢,被公认为晚清四大谴责小说中最有价值的《孽海花》作者曾朴。潘吉生活在这样一个城市里,受着历史文化的熏陶,做着他的文学梦。他还每年都要出门游历,结交各地的朋友,开阔自己的文学视野。西藏的珠峰大本营、云南的香格里拉、四川的九寨沟、新疆的喀纳斯、甘肃的莫高窟、青海的金银滩、黑龙江的北极村、海南的椰梦长廊,都留下了他的足迹。

"潘吉的小说也是这样,给我的感觉始终是从容淡定的。我读他的小说不多,但在小说创作上还是有一些交流的。文学评论家齐红女士在一次'苏州小说作者作品研讨会'上,对潘吉的小说做过这样的点评:'小说中特别凸显人物的塑造,他会用一系列的材料,将人物个性表达得充分而彻底,人物在小说中隆重出场,由始至终站在舞台中央,人物的生活轮廓也比较清晰,我比较欣赏这种本分而朴素的小说表达方式。'"

江苏省作家协会创作室副主任、著名文学评论家晓华,在2012年第5期《翠苑》杂志上发表评论《"群"体的力量》,对该文学期刊推出的"江苏作家群小说小辑"作了高度评价,也对潘吉等人的作品作了较高的点评。她说:《翠苑》又做了一桩有意义的事情。从网络到刊物,将一群年轻的江苏青年作家的小说晒了出来,这一空间与文体的转换,亮出了'群'体的另一副面孔。说句实话,曾经不止在一个场合,我们表现出对江苏更年轻的一代文学力量的忧虑,这些文学新青年们都在哪里?他们有哪些杰出的表现?尤其在当今网络与类型文学的压迫下,传统文学的经典美学还有没有传承的力量?任何一个时代、地区、社群,文学、文化,它的未来都在青年。前几年,我们反复申言非主流文学的不容忽视,应该给网络文学、通俗文学以应有空间与地位，而今天，我们又在担心，青年们会不会一窝蜂地涌到网上去，挤在书店第一排的畅销书架上，因为任何文学的发展不仅在于青年，更在于他们的独立的思考，个性的确立，身份的认同，在于他们的宽容和对多样化意义的深刻理解。冯主编从网上传来了征集的部分作品，这些江苏作家中更年轻一代的作品多少给了我安慰，他们的作品推翻了我的许多想象和预设。在这些作者中有认识的，有听说过而未曾谋面的，也有从未听说过的，但他们都有不俗的表现。他们的作品并没有过度地私人和自我，而是表现出了一种情怀和胸襟。他们将当下的社会生活相当娴熟地纳入笔下，无论是潘吉的《夏天的日子》、叶孤的《臀》、杜小虫的《一个女人的江湖》，还是王修的《入席》、储成剑的《教授驾到》、李纭皓的《大花蕙兰》，在关注现实人生、反映底层生活、反思社会现象等方面表现出他们的敏锐和深刻。"

我们从荆歌的评说中，看到了小说家锋利的目光。我们从评论家的口吻中，了解了小说欣赏的不同角度，触摸到小说理论的某些章节。其实，小说创作是一个万花筒，转换一下不同的场景，变幻一下人物的配件，读者就有可能感受到不同的体温。小说情节的偶发性，心理变换的随机和人物冲动的随意，都有可能呈现完全不同的小说细节。有一句陈词滥调："既在意料之外，又在情理之中。"这句话其实是一只怪圈，它有可能适宜一段编造的笑话，或者是一节微型小说。但不可能套用一个有着完整思维设想的中篇小说。因为，在几万字的篇幅中，小说的情节链，奇峰突起，偶尔穿越，既在作者的意料之中，也可能在读者的意料之外；既可以在情理之外，又可以在情理之内。小说家天才的想象力，为何不能天马行空超越时空？由此带来的意料之外情理之外的结局，正是小说变幻无常的魅力所在。

我们不妨看一下潘吉的《兄弟》。这个小说的主要人物是兄弟两个。一个水生,一个火生。两人在城市建筑工地打工,是社会底层的苦人。小说的情节是从夜晚的钻桥洞开始。兄弟俩为何钻桥洞?在桥洞里挖宝贝?小说第一节设置了一个悬念。进而水生的弟弟火生,因为敲坏了街头的自动发放避孕套的机器,被警方拘留和罚款。这是小说的第二个悬念。小说的第三个最重要的悬念是发生在兄弟俩回乡以后。两人在山洞里发现了嫂子与村长私通的过程。进而导致了水生凶杀的结果。整个小说叙述的故事,简洁中呈现复杂的因子,预埋着侦探小说的线索,可以说,作者精心设计了故事发展的走向,让人物的语言和性格向着最终的悲剧进展。这样的小说,已经体现了作者把握人物和情节变化的主动权,为一个短篇小说最后的结局,做出了预判。

小说《兄弟》能够被有着审美眼光挑剔的《小说选刊》看中,与小说本身的紧张与紧绷的故事,最后导致水生顶罪、火生逃亡的结局,有着纽带关系。不可否认,是一篇好小说,吸引了选家的眼光。一般来说,一篇好的小说,其核心的价值便是它的独创性和个体性,即强调作品本身的不可替代性,情感倾注的个人体验性。《兄弟》达到了个性化的高度。

三

在写作短篇小说的良好训练下,潘吉又向中篇小说的彼岸冲刺。因为他感到在长期的工作经历和阅读体验中,短篇小说已经不足以容纳他心中澎湃的情感波涛了。他发表于2012年第6期的《长城》杂志的《残局》、2016年第5期的《广州文艺》的《爱的变奏》,便是他中篇小说的代表作。

2012年第6期《长城》,名家荟萃。头条就是莫言的小说专辑,还有小说名家何玉茹的短篇《过渡的季节》,潘吉的中篇《残局》也忝列其中。《残局》写的什么呢？我们来仔细地阅读一下。这是一个世俗的故事，一个人生旁观者的命运哀叹。还是《红楼梦》里的那句话："世事洞明皆学问，人情练达即文章。"

我们生活在同一个小城，弄堂院户，小巷深处，四季轮回着人间辛酸事。故事的背景是我们很熟悉的街坊邻居"老金师"，一个依靠在路边摆象棋摊为生的苦命老人。"我"通过老金突然溺水死亡这个节点，展开一系列的寻访。在寻访主人公儿子的过程中，"我"也遇到了许许多多啼笑皆非的故事，例如："我"与老金的相好凤婶的交往，与凤婶侄女小玉的恋爱交往。从而牵扯出各个人物环环相扣的命运真相。人的经历越丰富，越有故事，从表象上是看不出的。而小说的特长，就是力图让人物甜酸苦辣的故事，委婉多姿地细细道来。谁没有一本苦情账？谁没有一把辛酸泪？沉淀在岁月之河的波澜，一定会在暴风雨来临之前，翻江倒海。一个个曾经暗藏的秘密，被漆黑之夜的闪电，劈了个光怪陆离。故事里的每个人，都被闪电亮出狰狞的面影。

从《残局》中得到预言：人生就是一盘棋，残局就是不分输赢，最终是一泡幻影。

《爱的变奏》展示了人性的丰富多样。这是潘吉近年小说中，在刻画人物上的一大尝试。他笔下的人物，从一个平面的直线条的，逐步演变为丰富的浑厚的多面的。例如，他这篇小说开头就语出惊人，显示了一个老人的个性："真没想到，一向严肃寡言的父亲说了一句语惊四座的话：'我要结婚了。'"

小说中的父亲，以自己的大胆挑战，设想了一种新的语境，也就是想要一种新的生活境况。而这种新境况，他不希望自己的子女加以阻拦，也无权阻拦。由此，小说的故事，便从两姐的选择里开始摆脱人性的软弱。

这部小说也是讲的一个案中案的故事，有点像破一个连环案。

既有喜剧式的情节，又有悲剧的因子。各个人物之间的关系有点错综复杂。首先，父亲再婚的对象是谁？父亲不愿意向两个儿子透露。于是大儿子朱小军偷偷跟踪父亲，发现了父亲的对象是一个叫李玉珠的女人，这个李玉珠是父亲年轻时的初恋对象。进而，朱小军又发现李玉珠领养的儿子李雷，在一次偶然的争执中，杀死了自己的妻子。而李雷又找到了自己的亲生母亲。同时，朱小军又得知，比自己小一岁的弟弟朱小兵，竟然是父亲领养的。领养的原因是父亲在部队当连长时，指导员为救下战友而牺牲。指导员的妻子难产而死，生下的儿子便由父亲抚养了。这一连串的人物真相，因为父亲要再婚，便逐渐浮出水面。

整个故事链环环相扣，看得人目瞪口呆。作者像一个侦探小说的高手，把一桩桩无头案一一解析，象解开一把孔明锁一样很有耐心。而情节的紧张气氛，也在故事的梳理中，慢慢释放，让读者有一点如释重负。我读过潘吉的多部小说，他善于从繁杂的故事情节中，分析出蛛丝马迹。例如:《窗台上的脚印》《血色黄昏》《水边的玉翠》等。随着作者写作的训练强度愈大，笔底的境界也变得开阔了，人生的阅历和识见也愈来愈丰富了。我们关切作者描述的生活深度，我们也期待作者的生活广度。如果说人生就是戏剧大舞台，我们每个人就是一个勤勉的演员。

不过，此部小说也有一个小小的疏忽，或者说在某个章节上有点多余。即李雷失手杀死妻子的情节，多少给人唐突。李雷的身世有点游离于"我"父亲的主线。

四

在常熟作家群里，潘吉是唯一两次进入鲁迅文学院学习的作者。他在这个文学的最高殿堂里，如鱼得水，如饮甘霖，如沐新浴。第一次是在 2004 年 8 月，在北京朝阳区八里庄南里宁静的校园里，他聆听了李敬泽、崔道怡、梁晓声、白描、吴思敬、叶延滨、周晓枫等作家的精彩讲课，并且结识了来自全国各地的文友。鲁迅文学院的文学熏陶，使他的文学创作进入了收获的季节。他的小说、散文先后登上了《人民文学》《延河》《长城》《雨花》等国内著名杂志。

鲁院是文学的摇篮，也是一个可以编织梦想、实现理想的地方。在那里，一些看似波澜不惊的学习交流令他难忘，甚至可以用"生死"来诠释，这就是文学带给他刻骨铭心的感受。2013 年 10 月，潘吉再一次成为鲁院的一名学生。第一次进鲁院，是初试锋芒，是初见阳光。第二次进鲁院学习，时间长达半年，文学课程多，他十分珍惜这一次高级班的读书机会，发奋写作，因此才有了小说《兄弟》入选《小说选刊》，才有了长篇小说《因为有爱》。

研读了大量的中外名著，访友和交友，切磋写作经验，他有了实实在在的进步。字里行间跳动着激情的喜悦，小说的创作便有了峰回路转的感觉，语言的丰富来自心灵的丰富，活泼新鲜，灵动浓郁，古典文学中的精粹和外国文学中的奔放，融合于小说人物的精神特征，风土人情，社会伦理，全可以化作笔底烟云人间放歌。

文学是一盏明亮的灯，能驱散内心的迷茫和黑暗；文学是一双温暖的手，能抚慰孤寂的心灵。

要说与文学结缘，潘吉是从中学时代就开始了。那时他居住在小镇的邮电所里，楼下是父母的工作间，楼上是家属宿舍。特殊的环境，让他喜欢了阅读，喜欢了文学，也开始试着涂鸦。

记得第一次让文字变成铅字，是他刚穿上警服那年。他写了一组哲理小诗，发在《常熟科技报》上。发稿的朱编辑以为作者是个上了年纪的长者，特地登门造访，一见面让朱编辑大跌眼镜，潘吉竟是个面目清秀的年轻人。

五

我也记得,潘吉第一次在常熟日报获奖的作品是散文《我爱你,沙家浜》。这是 1998 年的事情。那一次活动结束,我和获奖作者一起参加杭州的笔会,在山清水秀的西子湖边,我们聆听古筝弹奏;在烟岚轻舞的富春江边,我们对月吟诗。汽车在平原上疾走如风,一群有缘的漂泊者,唇间溢出多情的笑意,各自默默注视着窗外流动的野景:小石桥、稻草垛、薄雾中点点霜冻凝聚的脚印,还有人人心中隐隐浮现的玫瑰色的梦影。我们在清澈的江边浅滩,看到前面一个少女顾长匀称的脖颈,忽然心中一动,红颜多么像昨日的睡莲,那诱惑的体态,那清纯无邪的眸子,那忽闪闪亮晶晶的黑发,黑发卜轻灵地晃动着的宝蓝色的蝴蝶形发夹……

我还记得,我和潘吉在到达桐庐县城的当天夜晚,暮色中便有人在偷偷地打桐君山的主意了。这桐君,传说是药王祖先,他以悬壶济世闻名遐迩,更有一个好客待人的美德,斜挂着一只装着灵妙丹药的葫芦,浪迹天涯醉看人生。我见到宜兴紫砂茶壶中的珍品,有制壶高手陈曼生喜欢在壶上刻"一瓢香茗邀桐君"的诗句。白天,与朋友一起爬上了富春江边的严子陵钓鱼台,秀色逼人,也逼走了一天的秽气。我们当时多么年轻,身累而心不累,趁着酒意微熏,由旅行家卢建带领,男女做伴,三五成队,摸黑上山探访桐君老人了。

寻访最美的风景,是要有一点探险精神的。没有盈盈的月光引路,没有舟进舟退帆起帆落,只有冬夜寒霜里,天目溪清清冽冽的低歌。一座长长的悬索桥挽着手臂把我们揽向桐君老人的怀抱。桐君山,突出于江之心,左边是坦坦荡荡的富春江,右边是蛇行百里的天目溪。我站在悬索桥中央，仿佛脚下的江流在扯动着一匹巨幅的黑绸，人在桥心立，江随桥身晃，极目远望暗藏波光的航标灯，觉得人真是太渺小了，夜风知我意，情人知我心，悄悄为我装满一口袋的忧郁。

我们沿着石阶走上桐君山，只见白天为游人敞开的铁栅门紧锁着。这难不倒我们，潘兄早就看清上山的门道，可顺着绝壁攀过栅栏。在他的带队下，男人一个个不怕险，像猴子一般钻了过去，姑娘们也一个个不示弱，在男同胞的援手下也越过了险关。借着残余的酒力，大家一路踏歌，走至半山腰，黑暗中枯坐了半夜的桐君山，被我们这一群不速之客惊动了。此时，山路石级上方的一串串灯火忽然亮开来了，灯笼式的光圈像一朵朵相思的花瓣，散落在绿树丛中，远远看上去，像桐君老人清晰透光的文身。

原来，山上值班的僧人惊醒了，开亮了灯，下山察看是何方神圣？经过一番口舌莲花，僧人同意我们夜游。我们男女香客，登上了山顶的望江亭，富春江风烟俱净，奇山异水，天下独绝。惜乎今夜无月，男女众人，登高远眺，有的倚在望江亭朱栏旁，有的斜坐在石凳上，都被静穆壮阔的江流震撼了，此时，语言成为虚伪，微笑成为经典。

六

久违的杭州西湖像羞涩的少女，淹没在灯火迷离夜雾轻纱。这是情侣相依相偎的夜色，有少男少女挽着手臂走进绿地。风中依然摆动着柳丝，从季节上来说，它已经是秋的绝唱冬的初恋，我的目光所及，却闻到了野菊花唇边吐露出的顽强的芬芳。春化夏月走远了，秋唱冬恋走近了，青春的衣衫洒满了泪水，清香仍在，清雅仍在，灵魂的自由告白仍在大声直言。

有卖花少女在白堤与苏堤上徘徊，一个黑衣少女拿着一枝玫瑰花插在小坤包里，美丽的玫瑰伴着她，在西湖的灯影中散发着馨香。于是，一首名叫《感谢》的诗，便在柔情如水的西子湖畔，吟唱在诗人的唇间。

　　灯影中，夜的颂歌贴在水面上，很近很近的温情，像镂空的银饰品在秀发间叮叮当当地舞动。在这高贵的温情的簇拥下，在这香雾般旋转迸发的才情里，你还能做什么呢？你还能说些什么呢？那曼妙婉约的盛唐乐音，便从春意盎然的心际涌动着，花香深深，也能醉人，像少女仰起那纯净而娇美的脸庞。细细品味那流水般空灵的梦境，唯有画船人语，红袖花声，珠帘轻晃，水中月晕。

　　西湖的梦幻之阁，玫瑰铭记着一段永恒的岁月。杭州之行，成为潘吉与文学携手的启明。

乡村音籁如慢板

又是一年仲夏季节,绿肥红瘦,千古不变的美景,人来人往的山野幽境。

那天我上午来到栗桂苑,出席皇甫老师的新书首发式,忽然想起一首宋诗来了,"软草平莎过雨新,轻沙走马路无尘"。雨后的芳草地,湿润如毯。皇甫老师的新书《远方的季节》,一摞摞堆放整齐,像夏季的阳光,急切地热恋着众人的眼帘。正所谓,红杏领着风,远方来客笑花红;绿杨是烟水,山中画轩五色梦。

也不记得,一四年来,我在这山林里喝了多少杯茶,也有点恍惚,是庄生蝶梦,还是梦蝶生花?只是依稀想起,你半开的衣襟,藏着晚风的多情。而虚掩的门扉,有一颗热切的春心。我们等着等着,等来一个不速之客冷峻的面影;我们等着等着,徘徊在风中举棋不定。生活本来如此无情兼多情,就像向晚的玫瑰向着天空苦思一句诗韵。

一本书就是一个人灵魂的福音,一本书就是一节人生的缩影。

由此我们细读皇甫老师的三本书。

一

在短短的五年中，一个乡村教师出了三本著作，这在常熟作家群中为数不多。陆游有"妙手偶得"之言，荀子有"厚积薄发"之说。皇甫老师过了不惑之年，生活积累厚实了，乡村故事听多了，人情世态见惯了，化作笔底流畅的文字。他的散文和小说，蕴藏着丰茂的生活体验，呈现深浅各异的世态百相，互为因果，亦因亦果，非因非果，组成了一串串文字的音符。就好像一座气象非凡的厅堂，四梁八柱固然是东山佳木西山杰构，但文学的高雅品位，则是体现在正堂中央烟云迤逦的山水画卷中。

李敬泽在"中国书籍文学馆"序言中指出："当代文学，特别是纯文学的传播生态，大抵集中在两端：一端是赫赫有名的名家，十几人而已；另一端则是新锐青年。评论界和媒体对这两端都有热情，很舍得言辞和篇幅。而两端之间就颇为寂寞，一批作家不年轻了，离庞然大物还有距离，他们写了很多年，还在继续写下去，处在最难将息的文学中年，他们未能充分地进入公众视野。但此中确有高手。在这个场所中，我们不仅鉴赏当代文学中那些最为引人注目的成果，而且，我们还怀着发现的惊喜，去寻访当代文学中那相对安静的区域，那里或许是曲径通幽处，或许是别有洞天。"

皇甫老师的第一本散文集《沉默雨伞》，请我作的序。倒不是我有多少鉴赏能力，而是皇甫老师认为，他这本书中的大部分篇章，都是在我编辑的《虞山》副刊上刊登的。的确，这些充满乡村风味的文章，鲜活灵动，故事情节强，农村语言生猛，给人一种乡村野性的冲击力。这对于有一个阶段副刊作品太多小资情调，是一种挑战和替代。我在序言中特别地指出了这一点：乡村是我们的母亲，乡村是我们的血脉。我们哪一个人，没有受到乡村的恩惠和眷顾？

在这一本散文集中，我认为最值得珍视的有两辑：《人生百态》和《乡村记忆》。皇甫老师经历很丰富。他对我说，因为是种田人家的孩子，自小就要为家庭分担责任并且要养活自己。他曾经在教书之余兼职乡村红白喜事的吹鼓手，骑了辆摩托车往四邻八乡跑码头，辛苦地为自家盖房子挣钱。他有一篇散文《聪明人》，写的是他年轻时在一个铜管乐队里吹小号，乐队的各色演奏者，互相斗智玩手法，体现了小人物的卑微和挣扎。令人怜悯令人唏嘘。

皇甫老师的第二本散文集《浮生闲情》是由陈武兄编辑的，中国书籍出版社出版。我欣喜地看到，这本集子展现了皇甫老师一种全新的创作姿态，对于乡村生活的纪录和描绘，展示的空间更加广泛，挖掘的深度更加精细，文章的选材和标题的拟订，也细致准确，提升到一个新的境界。例如，第一辑《乡村音籁》，选用10篇散文。每一篇散文的标题都拟的十分到位。我作为三十年的报纸编辑，每天面对全新的版面，所做的最费力的工作，也是最有挑战能力的文字功夫，就是为文章拟出最精准最简短的标题。皇甫老师的这10篇文章的标题，很醒目，简明、切题，又能使读者一目了然。《蛇魅》《酒药花》《浴锅》《芦稷里的童年》《南瓜不是瓜》《藤榻》《分红》《乡村猪事》《擀面》《芝麻馅》，这些标题我都喜欢。

《浮生闲情》由常熟著名作家金曾豪作序。金曾豪是这样评介他的创作的："作家有权确定自己的叙事策略。有时候，这样的确定是不需要理由的。也许，这样的叙事策略是有一点风险的，至少对于缺少乡村经验的读者来说是这样。也许，作者选择叙事策略时，暗藏着农夫式的机智，把米给你，饭由你去做吧。

"喜悦和悲伤，抑或甘甜与苦涩，作者都不说。不是不说，而是已经揉进事体里了。作者拒绝用概念的箩筐去分拣生活，就这样以非诗意的心境注解了他的乡村经验，就这样把一方毛茸茸的生活诚恳地交给了读者，听凭读者品咂出一个自己的村庄。"

皇甫老师的第三本散文集《远方的季节》，以教育随笔为主。这本由花山文艺出版社出版的集子，封面上写着："一线教师三十五年的教育随笔，摒弃空洞说教，拒绝枯燥理论，传道授业解惑中感悟教育真谛。"

这本书由皇甫老师自己作序，经验之谈，感触良多。我在这本书的首发式上，还跟皇甫老师开了个善意的玩笑。我说，你的第一本书《沉默雨伞》，是我写的序。你的第二本书《浮生闲情》，是金曾豪老师写的序。今天你的第三本书《远方的季节》出版，是你自己写的序。这样的三级跳，令人刮目相看。这说明了什么呢？说明了一个作家成长历练的过程。就像一个长跑运动员，最初的起步终是稍微稳重一点，慢慢就加速，慢慢就迎风奔跑，最后就像飞奔的羚羊一样，奔跑在千里大草原上！

二

说起与皇甫老师的交情，还是金曾豪做的媒人。

十多年前，金老师对我说，他的老家练塘，小学里有个皇甫老师，是镇上文化站的文艺骨干，乡村小戏也会写，散文小说也写得不错，可以发展为作协会员。于是，我认识了皇甫卫明老师。慢慢地，我经常在编辑部，看到他的稿件。他笔下的田园风情和乡村五味，泅染在故事氛围里，这一切，都触动了我的心弦。

五十多年前，我曾经在练塘镇生活近三年。童年的我，也品尝了生活的辛酸和困苦。我那时候在练塘小学读二年级。乡村小学条件简陋，窗户都没有玻璃，教室是泥地，桌椅都是缺胳膊少腿的。同学们大都赤脚上学，中午饭都是自带几个冷饭团。我穿的布鞋，也是只有半截鞋底。我识字启蒙的较晚，上音乐课看不懂简谱。我的班主任姓吴，他是个多才多艺的老师，不仅教我们语文和数学，还教我们音乐。我会唱的第一首歌就是贺绿汀作曲的《到敌人后方去》。那动听而激昂的乐曲，是他拉着小提琴为我们伴奏。我永远不会忘记，在乡村贫瘠的土地上，吴老师送来一缕神性的光芒。

皇甫老师知道我很怀念这位老师，便向练塘中心小学的资深老师打听吴老师的近况。可是，半个世纪过去了，原来的校舍都搬迁了，一茬茬的老师走的走，调的调，来去的人像风一样到处飘荡，哪里去打听吴老师的踪迹？况且，五十年前的乡村小学，代课老师居多。吴老师当时也是社会青年，从城里来到乡村代课，这是我仅知的状况。歌声已经远去，留下的是我童年时的忧伤。

细读《远方的季节》，有两篇文章写得真好。一篇是《让每一朵鲜花都灿烂》，一篇是《祭奠我的学生》。前者写的是"我"在民工小学兼职的经历，后者写的是一对车祸的父女。"我"既是公办小学的老师，又要扶助民工小学提高教学质量，其中的辛苦可想而知。民工小学的生源来自四面八方，学生文化素质参差不齐。皇甫老师特地作了"让每一朵鲜花都灿烂"的演讲，把公办小学的先进教育理念，和民工小学的老师一起分享。这种务实的教育方法，令人感动。

师生的感情贯穿于《祭奠我的学生》的全文。一个花季的学生在小学毕业之后的七年，突遇车祸离世。这种人间的悲剧令每个人都是猝不及防。皇甫老师用委婉深情的笔法，描述往事和今事，将一篇祭奠文字写得深情满怀。

我们每个人都经历过童年往事，随着年岁的增长，可能会经历更多的人生的大喜大悲。我们在童年时特别渴望关怀、温暖和理解。但是，不是每个人的童年都会有那么多的扶持和温情等待着你的。我仍然要回到1961年的乡村小学，这虽然与接受知识教育无关，但却能清晰地记得那段往事。

我因为跟随父亲工作调动的原因，小学一年级读过三个小学，二年级读了两个小学。最早的是鹿苑小学，后来是慧日小学，又转到五爱小学。练塘小学读的是二年级。这里就碰到一个严重的问题，就是永远无法和新同学打成一片。这便养成了我从小沉默寡言的状态。那时乡村的孩子学习条件都很差，家长能把孩子送到学校读书，已经是最大的恩惠了。穿什么衣服和鞋子，中饭吃什么，带什么学习用具，家长根本不操心，也没有条件操心。所以，大家背的书包，真的是五花八门，没有统一的样式。有的同学是夹着一本书拿了一个铅笔头，就来上学了。最好的装备就是一只打着补丁的帆布包。而我呢，我父亲不知从什么地方弄来一只彩色丝条拼成的拎包，让我拎着它上学。当我走进教室，同学们都哄堂大笑，说我怎么拎着一个女人的包包来了，弄得我脸涨得通红，恨不得马上逃离教室。

怎么办呢？第二天还是要上学的。我早上穿过田埂路时，发现一个水沟的管道是干燥的，半埋在冬天的稻茬地里，很隐蔽。于是我灵机一动，就把课本掏出来，卷成一束。再把彩丝拎包塞进了涵洞，用乱草盖好。我夹着课本进了教室，同学们倒也没注意我有什么异常。放学时，我故意落在大家后面，等人都走光了，我再冲到涵洞处，取出拎包，放好课本，一溜烟地回到我父亲住的宿舍。如此行径只维持了几天。有一天放学回家，我拨开乱草，伸手进涵洞，却什么也没掏出来，拎包不见了，拎包真的不见了！我傻呆了，害怕回家，一直磨磨蹭蹭到天黑。结局很可悲，我被饿了一顿夜饭，还被父亲扇了两记耳刮子。我第一个真正的书包，是在读石梅小学时得到的，因为那是1963年了，经济状况好转了，我也第一次吃到了奶油味的硬糖了。

我们的童年，看上去很美，但各有各的不同。在皇甫老师的篇章里，我们读到了快乐的、真实的、充满了天使之爱的童年。

三

平心而论，我最喜欢读的，还是皇甫老师笔下的乡村生活。他近来有一篇小说，题目叫《飞蛾》，写的是一群乡村的"吃药水"人的故事。乡间闭塞，信息的获得和传播，依赖口口相传。所谓"吃药水"，就是"服毒自杀"的俗语。乡村的服毒自杀，一般就是指"吃农药"自杀。"飞蛾"这个题目起得好，意思就是明知是死路一条，还要飞蛾扑火。究其原因，小说得出了种种答案。但又像是没有答案。小说原本不是治病开药方，它只是剖析了故事和人物发生的环境。而通过小说所积累的生活现象，尤其是在乡村这个比城市更大的空间里，它的丰富性和悲剧因子，便在情节的诡异中，步步惊心。

小说写了五个人的自杀故事，或者说是五个人独特的"自杀"性格。我读过一本关于"自杀论"的著作，是法国现代社会学创始人杜尔凯姆写的。他认为，自杀这种社会现象，应该从社会环境中找到自杀的根源和背景。而《飞蛾》这部小说，就是叙述了乡村的背景和因果关系。第一个故事是"小蛾"的死。年轻美丽的小蛾，嫁到了有钱的夫家。因为高攀，被夫家看轻。有一次，她丈夫要将吃剩的饭菜倒掉，而婆婆却说留着给小蛾吃。就因为这一件小事的起因，小蛾抛下尚在襁褓中的婴儿，吃了白酒，再吃农药自杀了。第二个故事中，"新娘子的男人"的自杀，更是不可思议。仅仅是因为男人干完田间重活，回家没有吃到老婆烧的可口饭菜，这男人便吃药水死了。

第三个自杀者叫小姑，在同村姐妹中最出秀，脸模子长得好，聪明读书多，容易被爱情小说蛊惑。爱情失意后嫁给了一个木讷的老男人。乡村这类婚姻将就的夫妻很多的。小姑自杀后，被抢救过来，但精神和肉体遭到严重伤害，剧毒的农药，彻底丧失了她的生活乐趣，最后的结局是守着老屋等死。

第四个和第五个自杀者是有着因果的连带关系。一个是村里的村长，一个是小学校长，都可以说是乡村田野里的头面人物。两个人都是喝药水自杀的。所不同的是，校长自杀之后，村长也是送医院的得力者之一。当他得知校长不治身亡之后，自己便吃了药水，再悬梁自尽。

在杜尔凯姆的论述中，有一段经典的话语："最普遍的占自杀总数大部分的形式是利己型的自杀，其典型特点是由过分自我化引起的压抑和冷漠。个人对生命毫无兴趣，因为他对自己与现实相联系的唯一中介物即社会毫无兴趣，他对自己和自身价值爱得过分强烈，自我是他唯一的目标。这个目标又不可能满足他，存在对他来说便毫无意义了。"

《飞蛾》这部小说的文学意义在于，它第一次把乡村的"吃药水"现象，条分缕析地从社会学的角度去剖析。这种相当有难度的归类和记录，再加以文学语言的描述，是作者小说创作上的一种突破和进步。

当然，这部小说也有某些不足。就是小说逻辑上的连贯性不够，故事的张力也有局限，就是小说的五个故事更像是独立的小小说，互相之间基本上没有任何勾连。这固然是写作取舍上有一定难度，但《十日谈》的手法不妨一用。讲故事的人，不妨从幕布后面走到前台，就像说大书的演员，串连词讲的好，故事也可能更引人入胜。

四

2017年第二期《常熟田》刊登了皇甫老师的一组三篇小说，分别是《扫地出门》《秋水》《感叹号》。这三篇小说各有特点，我认为《秋水》一篇比较耐读，故事情节也曲折有戏，悬念和情节的推进也较为合理。

《秋水》的艺术特色是人物心理描写，有的章节剖析人物心理变化，达到亦步亦趋丝丝入扣的程度。

"她的某些观念发生了微妙的变化。以往，办公室老师提起婚外恋，她总是愤慨、偏激，说最鄙视那些男女，想着都恶心。后来，她稍微缓和，说要看具体情况，比如说，男人与女人偷情几十年，但且终身只偷这个人，也算是一种忠贞。再后来她说，所有伟大的爱情，都不是婚内的爱情云云。"

小说是用第三人称写作，这就比第一人称的写作，更容易处理人物的心理变化。第一人称写小说，读者在读到某些段落，便会发问：你怎么知道事情的发展会这样的？你又不在场。而第三人称，就容易从平视的角度变为俯视的角度。灵活转换场景，任意腾挪空间、时间和维度。由于作者的视角变换，人物出现的场景可能变成全知全觉，人物的心理变化可以有多个可能。皇甫老师的小说在尝试人物移动的多种可能性上，有了进展。

但是，第三人称写作，也带来一种人物失控的冒险。有时，人物会游离中心事件的漩涡，不理会原有的性格轨迹，走出中心事件太远。就像戏剧中演员的表演一样，有时会失真。这都需要作者及时收束笔力，将人物拉回或者推回原先的轨道。《秋水》整个人物的独角戏和独白，都处理得较为娴熟。似乎整篇小说就是一个女主人公在牵动情节之链的舞动。不过,小说在结尾处,仍然有点小漏洞。因为,张爱玲小说《连环套》中写过一个霓春的女子:"出了情欲的圈子,她就成了别人脚底的泥——"

五

小说写作真是有着无穷的可能,也有着无穷的奥妙。就像人性的变幻有着无限的可能性一样,探索和想象的空间,属于永不懈怠的作者。写小说就是这样,人物的所有悲伤和欢乐,排着队迷失在远方的烟尘里。普希金说过:湮灭是人的自然命运。所谓爱情,不是别的,正是一种病态的疯狂,也许还是一种奢侈。曹雪芹也说:世上所存的一切说到底,只不过是镜花水月而已。

皇甫老师走在乡间的小路上,聆听着慢板似的歌声,这是天籁,这是人间的真情。听着听着,便睡着了;听着听着,柔情似水的缪斯女神就来了。听着听着,他就醒来了,小说的魔法棒挥舞了。